岡　山　文　庫

329

岡山エンタメ文学

綾目《あやめ》 広治《ひろはる》

日本文教出版株式会社

岡山文庫・刊行のことば

岡山県は古く大和や北九州とともに、吉備の国として二千年の歴史をもち、遠くはるかな歴史の曙から、私たちの祖先の奮励とそして私たちの努力とによって、現在の強力な産業県へと飛躍的な発展を遂げております。

小社は創立十五周年にあたる昭和三十八年、このような歴史と発展をもつ古くして新しい岡山県のすべてを、〝岡山文庫〟(会員頒布)として逐次刊行する企画を樹て、翌三十九年から刊行を開始いたしました。

以来、県内各方面の学究、実践活動家の協力を得て、岡山県の自然と文化のあらゆる分野の様々な主題と取り組んで刊行を進めております。

郷土生活の裡に営々と築かれた文化は、近年、急速な近代化の波をうけて変貌を余儀なくされていますが、このような時代であればこそ、私たちは郷土認識の確かな視座が必要なのだと思います。

岡山文庫は、各巻ではテーマ別、全巻を通すと、壮大な岡山県のすべてにわたる百科事典の構想をもち、その約50%を写真と図版にあてるよう留意し、岡山県の全体像を立体的にとらえる、ユニークな郷土事典をめざしています。

岡山県人のみならず、地方文化に興味をお寄せの方々の良き伴侶とならんことを請い願う次第です。

はじめに

まず、最初に申し上げなければならないのは、本書の題目についてである。「岡山エンタメ文学」の「エンタメ」は、言うまでもなく「エンターテインメント」の略である。「エンターテインメント」では背表紙に収まらないので、「エンタメ」という略語を用いた。もっとも、「エンタメ」は好い加減な造語ではなく、広辞苑にも記載されている、公認の言葉であることを申し上げておきたい。以下、「エンタメ文学」の語を用いたい。

以前は「エンタメ文学」ではなく「大衆文学」という言葉が一般的であった。それは元号で言えば大正時代半ばあたりから、〈知識人と大衆〉という区分が生まれたことに応じて、文学の世界でも知識人向け文学と大衆向け文学という区分が出て来たからである。しかしながら、20世紀終わりの4半世紀前あたりから、〈知識人と大衆〉という区分がほとんど無効になってきたと言えよう。今日では誰でもが、多少知識人的であり多少大衆的なのである。したがって、「大衆文学」という言葉を用いるのも適切とは言えなくなった。だから本書では、知識人、大衆ということに関係なく、〈娯楽を主とした文学〉という意味合いの「エンタメ文学」の言葉を用いることにした。

岡山県は、多くの近代文学者を輩出した県である。必ずしも岡山県で生まれたのではないが、岡山に住んで岡山の地に馴染んだことのある文学者をも入れるならば、相当な数に上る。おそらく首都圏や関西圏など人口の多いところを除いては、輩出数では屈指の県と言っていいだろう。中国地方では随一である。また、瞠目に値するのは、明治初年から現在に至るまで、ほぼ途切れることなく文学者が出ていて、しかもそれらの文学者は、時代〳〵の文学の主な潮流に関わっていたのである。それら岡山県に縁《ゆかり》のある文学者だけで、日本近代文学史を語ることもできるだろう。このことはいわゆる純文学の領域だけでなく、「エンタメ文学」の領域でも言える。

「エンタメ文学」という観点から、岡山県の文学の流れを見ようとする試みは、おそらく本書が初めてではないかと思われる。どれだけの記述ができたかについては、読者諸氏のご判断に委ねるとともに、ご批正もお願いしたい。

なお、『謎解きはディナーのあとで』によって2011年度の本屋大賞を受賞した東川篤哉、『晴ればれ、岡山ものがたり』を書いている原田マハも岡山に縁のある文学者であるが、本書では取り上げることができなかった。稿を改めて論じてみたいと考えている。

以前に日本文教出版に在職されていた黒田節氏と塩見千秋氏から、約十年前に本書の企画の話を持ちかけられたのであるが、私は長い間、本書の執筆に取りかかることができなかった。お二人は2022年度をもって退職されたので、本書の上梓が間に合わず、申し訳なく思っている。ただ、お二人が在職中に本書の原稿を入稿することができたので、半分くらいは責任が果たせたのではないかと自らを慰めている。お二人にはお詫びと辛抱強く見守って下さった御礼を申し上げたい。また、校正作業では同社編集部の谷本亙氏、外山倫子氏にたいへんお世話になった。御礼申し上げる。

今日の人権感覚からすると引用文中に不適切な用語もあるが、原文を尊重してそのまま引用した。諒とされたい。

岡山エンタメ文学／目次

第四章　戦後昭和期

第五章　現代

第一章　明治期

明治維新以後、日本の社会は近代社会に向って進んで行った、と一応言えるだろう。しかし、そうだとするなら、明治維新はいわゆるブルジョア（市民）革命であったということになるが、果たして明治維新はそうだったのであろうか、たとえそうだったにしても、それはフランス革命などと比べて実に中途半端な革命だったのではないだろうか。だから、それ以後の日本社会も真に近代社会というよりも、半封建的な要素を色濃く残した「近代」社会だったのではないだろうか。

戦前昭和の時代から、このように明治維新とそれ以後の日本社会の性格をめぐって論争があり、その論争は日本資本主義論争と呼ばれ、それには大いに意味があったのであるが、おそらく明治維新についての厳密な性格付けはここでは不要であろう。近代社会と言うには、いろいろと不都合な部分があったことは確かであるが、ともかくも明治維新によって徳川幕藩体制は終わったのであり、四民平等の宣言一つを取っても、明らかに日本は近代社会の方向に歩み出したのである。そうした中でとくに注意されるのは、日本は世界に向けて門戸を開き、とりわけ欧米の国々から新しい文化が入って来たことである。

その新たな胎動は文学の世界にも見ることができる。明治初期こそ仮名垣魯文の『西洋道中膝栗毛』(1870〈明治3〉年)のような江戸文学の延長上に位置するような文学が作られたが、その後は翻訳を中心にした新しい文学が紹介されるようになる。たとえば、渡辺温《おん》訳の『通俗伊蘇普物語』(1873〈明治6〉年)やジュール・ヴェルヌの『八十日間世界一周』(川島忠之助訳)などである。外国作品の翻訳ものは、明治初期だけでなく今日に至るまで、日本の文学さらには日本文化全般に大きな影響を与えているのだが、とりわけ明治前半期までは翻訳ラッシュと言っていいほど、多くの外国文学が翻訳されて読まれたのである。

森田思軒《もりたしけん》 明治の翻訳王

その時代に「翻訳王」と言われたのが、**森田思軒**(本名、文蔵)であった。森田思軒は1861(文久元)年に今の笠岡市笠岡で生まれた。生家は鞆屋という屋号を持った、質屋と本屋を営む商家であったが、父の佐平は学問好きの読書人で、書画に優れ三逕と号した。祖父の政蔵も文芸好きで頼山陽ら文人との親交があった。そういう家庭環境の中で育った森田文蔵は、１８７４（明治7）年の13歳のときに慶應義塾大阪分校（分校長は矢野龍渓《りゅうけい》）で学び、同校の徳島移転に伴い転校し、１８７６（明治9）年に上京し慶應義塾の本科第二等に編入学する。

この間に英語力が進み学内で注目されるようになる。しかし、翌１８７７（明治10）年に退塾して笠岡に帰郷している。退塾の理由はわからない。翌々年の１８７９（明治12）年に私塾の興譲館に入学している。在学中は漢詩や漢文に抜群の才能を発揮したが、その才能が他の塾生の妬むところとなったようで、結局１８８２（明治15）年に退塾している。やがて、矢野龍渓から上京の誘いがあって再上京した後、龍渓の忠告に従って洋書を読破していった。そして、同年11月に郵便報知新聞社に入社してからは、新聞社の通信員として、また翻訳家としてまさに八面六臂の活躍をし始めるのである。

思軒の翻訳で注目されるのは、ジュール・ヴェルヌとヴィクトル・ユゴーのものである。ヴェルヌもユゴーも、その小説はエンターテインメント系の小説と言える。もちろん二人とも、自分の小説がそういう種類のものだという意識はなかったと考えられる。そのことは思軒においてもそうである。ただ彼らは、読者が喜び、良い読書体験だったと思ってもらえる小説を書こうとしたのであり、翻訳しようと思ったのである。

もちろん、今日では『十五少年漂流記』という翻訳名で知られているジュール・ヴェルヌの原作を、1895（明治28）年もしくは1896（明治29）年3月から「少年世界」に『十五少年』という翻訳名で掲載したときには、この小説が少年少女を読者にしたものであるという意識は、当然ながら思軒にもあったであろうが、しかしながら、対象となる読者が少年であっても、思軒は翻訳の程度を落としたりすることはなかった。文章は他の翻訳ものと変わらない、端正な文章である。たとえば、次の引用の文章を味わって戴きたい。これは、少年たちの中で武安《ブリアン》と杜番《ドノバン》とが対立していたとき、15人の長である「首長」を決める選挙で、いつも二人の争いを調停していた呉敦《ゴルドン》が選挙で第一位となったときの呉敦の思いである。

> 初めは己《おの》れの其の任に非《あらざ》るを謝して、之《これ》を辞さむと欲したりしが、再び考《かんがふ》るに、動《やゝ》もすれば武安《ブリアン》、杜番《ドノバン》の二党の間に萌生《ほうせい》する不和をおさへて、之《これ》を調停するには、己《おの》れが首長《しゆてう》の権力を有しをること、なか〳〵に便宜なるべしとおもへるにぞ、乃《すなは》ち辞さずして敢《あへ》て之《これ》を諾《うけ》ひきぬ。（第六回）

この後、物語は以下のように展開する。

――対立していた武安と杜番の二人は和解するが、その後、島に一人の中年女性が流れ着く。その女性から聞いた話では、彼女は富豪の夫妻に奉公していたのだが、サンフランシスコからその夫妻と一緒に乗った船が、倭東《ワルストン》という水夫に煽動された水夫たちに乗っ取られ、富豪夫妻や船長たちも彼らに射殺されたらしい。少年たちにとって次の問題は、島にやってくるらしい、その悪漢たちと如何に闘うかであったが、少年たちは賊たちとの銃撃戦で勝ち、そしてその後に、島から汽船が見えてきて、十五少年たちは助けられるのである。――

ジュール・ヴェルヌの小説の翻訳として、やはり冒険的な要素があって面白いのは『大叛魁《だいはんかい》』である。これは、「新小説」に1889（明治22）年12月から1890（翌23）年4月まで連載され、同年9月に春陽堂から刊行された。次のような内容である。

――この物語はインドが舞台で、十人連れの人間たちが象を模した乗り物に乗って、カルカッタから北部インドまで行く話だが、彼らにはある目的があった。十人連れの中の一人である佐官の万妻《マンロー》の妻が、セポイの反乱のときに拿沙毘《ナナサヒブ》たちに惨殺されたので、その復讐をするというのが目的であった。しかし、拿沙毘を追い詰めたと思った時には、すでに拿沙毘は英国兵によって殺されていたのであった。――

この象のような乗り物がいかにもSFらしく、読み手をワクワクさせるのであるが、それについてはこう説明されている。すなわち、「実に此の象は鋼鉄を以て骨格となし之れに真の象の皮(一)象の牙を着けたるものにして其の腹内には一副の蒸気機関を蔵めしなり」、と。

森田思軒は冒険ものだけでなく、社会派的な小説も翻訳している。それがヴィクトル・ユゴーの小説の翻訳である。たとえば、ユゴー原作の『クロード・ギュー』を翻訳した『クラウド』がそれであり、この物語は1890(明治23)年1月20日から2月6日まで「國民之友」に連載された。これは、パリに住む、有能で性格も良い男性労働者のクラウドが、飢えた妻子のために盗みを働いて摑《つか》まり、獄中で囚人たちに対して過酷な扱いをする看守を殺したために死刑に処せられるという、実話に基づいた話である。すぐに気づかされるが、『クラウド』は同じくユゴーが作者で有名作の『レ・ミゼラブル』に共通するテーマが語られていると言える。実際に主人公のクラウドはジャン・バルジャンのモデルとされている。思軒も『クラウド』掲載の同年の3月に、やはり「國民之友」に掲載された随筆「南窓渉筆」の中で、「(略)クラウドは果たしてジャンワルジャンの粉本なりけり」と語っている。

森田思軒は「國民之友」に翻訳した五編のユゴー作品を掲載している。すなわち『随見録』、『探偵ユーベル』、『懐旧』、『死刑前の六時間』、そしてさきほどの『クラウド』である。このうち読み物としても面白いが、やはり社会派的な要素もあるというのが『探偵ユーベル』である。この原作はユゴーの死後に刊行された未定稿の中にある話なので、ユゴーによって編集や校訂がなされたのではない。また、小説の題目だけ見ると、ユーベルという探偵が主人公の探偵小説のように思われるが、そういう話ではない。

これはルイ＝ナポレオンのクーデターと帝政に反対していたユゴーが、身を潜めていた英国領ジャージー島で見聞した、実際の出来事に基づく話である。政治亡命者が住む島に、ユーベルという50歳ばかりの男がやってきて、彼は共和主義者としてルイ＝ナポレオン批判を繰り返していて亡命者仲間から信頼もされていたが、実は官憲のスパイだった。そのことが露見してユーベルは裁判にかけられ、投獄されるという話である。

おそらく、ここで私たちは、「探偵」という言葉が現在とは違ったニュアンスで遣《つか》われていたことを知るだろう。当時は、「探偵」はスパイあるいは密偵というニュアンスが強く、明治30年代あたりまではマイナスの意味合いが強かったようである。たとえば、夏目漱石は『吾輩は猫である』で「吾輩」に、「凡そ世の中に何が賤しい家業だと云つて探偵と高利貸程下等な職はないと思つて居る」と言わせ、「苦沙彌先生」

にも、「不用意の際に人の懐中を抜くのがスリで、不用意の際に人の胸中を釣るのが探偵だ。（略）だから探偵と云ふ奴はスリ、泥棒、強盗の一族で到底人の風上に置けるものではない」、と言わせている。探偵が悪く思われているのは、江戸時代に司法機関の末端にいた岡っ引きや目明かしなどが、実はその多くが過去に犯罪者であった連中であって、その彼らが十手を持って一般庶民に対して威張ったり、強請《ゆすり》などをやっていて、そのイメージが明治期にはまだ続いていたからである。

閑話休題。森田思軒がおもに翻訳したのは、エンターテインメント系の小説、いわゆる大衆文学系の小説であったが、『クラウド』や『探偵ユーベル』のような社会派的な要素のある小説も翻訳していたのである。もっとも、後になって分けられた、純文学と大衆文学というような区分は、思軒の中には無かったと言える。「はじめに」のところでも述べたが、そのような区分が出てくるのは大正も半ばに入ってからである。それ以前にはそのような区分は無かった。そのことは、夏目漱石の長編小説のほとんどが新聞小説であったことや、また明治20年代の文学をリードした硯友社の文学などを見ても、よく解るであろう。

明治20年代のそういう未分化の文学を、翻訳によってリードしていったのが、森田思軒であった。彼の翻訳について、たとえば二葉亭四迷は「落ち葉のはきよせ　二籠め」（明治23、24年頃か）というエッセイ集の中の「國民之友初附録の小説を評す」というエッセイの中の、「思軒氏譯探偵ユーベル」という見出しの文章では、「文品頗る瀟洒能くユコ《ママ》ーの面影を写せり、平々の外他奇なき所に文を行りて而も真味有るは文の上乗なりとは氏の生平唱道する所なりと聞く、今此文を読むに氏は既に其の目的を達したりといふ可し」と述べている。さらに「（略）思軒氏の訳は能くユコ《ママ》ーの真を写したれば毅然として大丈夫らしき所ありて雅健なり、真気あり、峻削なり、古澹なり、嗚呼三千八百万人中文人と称して媿か〔し〕からぬ者は只此思軒居〔士〕森田文三《ママ》君ノミ」と語っている。

なお、「落ち葉のはきよせ」という文集は三つあり、これらは1888（明治21）年から1894（明治27）年にあって、「二籠め」はその中間の1890、1891（明治23、24）年頃だと考えられる。それはともかくも、これは、日本近代文学の出発期に燦然《さんぜん》と輝くと言っていい小説『浮雲』の作者である二葉亭四迷が、森田思軒に対しての満腔《まんこう》の敬意を表した文であったと言えよう。

そのように二葉亭四迷に敬意を払われた森田思軒であるが、彼は翻訳家としてだけ評価される人ではなく、文学や文章についても一家言を持った理論家でもあった。たとえば「小説の自叙躰記述躰」（『國民之友』第八号、1887〈明治20〉・9・15）では、「人の話を聞く時に之を他人より又聞きに聞くと本人より直聞くとハ其話の我心に感する度合に浅深著しき相違存する者なり是ハ他人の悲喜を悲しく喜ハしく物語る事ハ己れの悲喜を其儘に吐露する事の身に染むに及かざれはなり自叙躰の妙ハ即ち此に於て在り」と述べている。要するに「自叙躰」の方が読み手の実感に迫ってリアリティがある、と語っているのである。この評論の末尾で、「自叙躰」と「記述躰」とではそれぞれに長所があるのだから、どちらか一方を優れているとするのではないと述べて、当時の小説家たちが「記述躰」のみを取り上げていることに対しての戒めを語っている。

また、翻訳に関しては、「翻訳の心得」（『國民之友』第一〇号、1887〈明治20〉・10・21）では、漢文の中の「経語典語」を用いることの問題を指摘している。「原文に「心ニ印ス」とあらは直ちに「心ニ印ス」と翻訳し度し其事恰も「肝ニ銘ス」と相符すればとて「肝ニ銘ス」と翻訳す可からす」と述べている。思軒はここで、安易な定型的漢語の使用に反省を迫っているわけである。先にも引用した「南窓渉筆」では、「吾常に日本の事を写すに謂はゆる漢文を用ゆべからずと言ふはこゝなり日本の事は日本の文に由るにあらずんば到底其の真面目をあらはすこと難し」、というふうに述べている。もっとも、当時の日本語は未だ言文一致とほど遠く、「日本文章の将来」（「郵便報知新聞」、1888〈明治21〉・7・24～28）で語られているように、「西洋風の造句措辞《エキスプレッション》日にまし増加《ぞうか》して難字《なんじ》次第に減《げん》しゆき居ること一般の勢なり」という状況であったから、「（略）我々か脳髄《のうずい》の手本とする西洋人の文体に由《よ》るより外なかるべし」としているのは、やむを得ないと言えよう。また、そのことと関連して谷口靖彦は『明治の翻訳王 伝記森田思軒』で思軒の「周密文体」について、それは「一口にいうと、西洋的な表現をした直訳風の文章体である」と端的に述べている。

以上のことは文章のリアリティの問題と言えるが、小説のリアリティに関しても次のように述べている。やはり「南窓渉筆」の中で、「小説は固よりフィクションなれども其の着意信ならず実ならずんば到底人を動かすこと難し」としている。興味深いのは、小説の読み手の問題にも思軒は論及して想像力の問題に触れていることである。同じく「南窓渉筆」の中で、書や詩を読んで「著者の意趣精神」を十分に「会得」するか否かは、「一に之を読む我の想像の力如何に在り」と語っている。

さらに言えば、森田思軒は後の言文一致の問題にも関わる事柄についても「日本文章の将来」で述べているが、それは言文一致問題でともすれば忘れられがちな事柄である。言文一致と言うと、書き言葉（文）を話し言葉（言）に一致させることと思われがちだが、しかし厳密には、思軒も述べているように、「談話と文章とは画然《くわくぜん》二物にして決して之を一にす可らす」なのである。たしかにそうであって、たとえば、現代の文章では普通に見られる「である」という語があるが、もしもこれを話し言葉で使ったならば、何とも奇妙な印象を聞き手に与えるだろう。言文一致と言っても、書き言葉と話し言葉とは厳密には異なっている。

こうして見てくると森田思軒は、翻訳や後のエンターテインメント文学だけでなく、日本の近代文学の基礎を作った一人であったと言うことができる。享年36歳という、その早世は惜しまれる。

清水紫琴《しみずしきん》　女権論の先駆者

清水紫琴（本名、とよ）は1868（慶応4）年1月、備前国和気郡西片上村で生まれた。紫琴が3歳の時に一家で京都に移る。そのまま京都で育ち、京都府女学校および女紅場（後の府立第一高女）に学んだ。この経歴から見ると、岡山生まれではあるが京都育ちであって、岡山出身の文学者と言い切りにくいところもあるが、しかし同じく岡山出身の有名な女性解放活動家である福田英子（旧姓、景山）とは浅からぬ因縁もあって、やはり岡山に縁のある女性文学者である。また紫琴の小説は、森田思軒のところで指摘したように、純文学と大衆文学とがまだ未分化な時代の小説であることと、また読み物としても十分に読ませる物語を作っていることを考慮すると、岡山のエンターテインメント文学として取り上げるに値すると思われる。

清水紫琴は父の命に従って、18歳のとき新進弁護士の岡崎高厚《たかあつ》に嫁いだ。民権家の彼は、いろいろな会合に紫琴を伴って行った。その過程で紫琴の中に民権思想、女権思想が形成される。結婚四年目にして、高厚に隠し妻がいることが発覚し離婚となるが、女権家紫琴の名は新聞雑誌に報じられるようになる。この間、福田英子ら大阪事件の面々が出獄し、その歓迎会で紫琴は英子を紹介された。因みに大阪事件とは、1885（明治18）年に自由党左派の大井憲太郎らが、日本の立憲政体を作るためにまず朝鮮の内政改革を企てたのだが、それが発覚して大井ら139名が渡航前に大阪などで逮捕された事件である。清水紫琴と福田英子は、初対面ながらともに女権確立を目指す同志であり、且つ同郷（岡山）でもあったので、姉妹のように親しくなったようである。

浅からぬ因縁について。紫琴は英子とだけでなく、大井憲太郎とも親しくなり、やがて二人は男女の仲になり、紫琴は大井の子を妊娠したことを知る。しかし、大井憲太郎はすでに福田英子と婚約していたのであり、英子はその子どもを出産していて、正式な結婚を待っていたのである。もちろん、紫琴は大井と英子のことは知らず、英子も大井と紫琴のことは知らなかった。しかし、大井が福田英子と清水紫琴への手紙をとり違えて送り、それによって大井だけが知っている三角関係が露見したのである。正式な結婚を待っていた英子は、すでに大井の心が冷えてしまっていたことに気づかなかったようだ。紫琴と大井が親しくなるのは、英子への大井の心が冷えた後のことであった。

以上が浅からぬ因縁であるが、このことで英子と紫琴との関係は、決裂したのである。英子は終生、紫琴を許さなかった。そのことは、彼女の自叙伝『妾《わらわ》の半生涯《はんせいがい》』(東京堂、1904〈明治37〉・10)の叙述に見ることができる。その中の「第十二　重井の変身」には、次のように書かれている。なお、引用中の「重井《おもい》」が大井憲太郎のことであり、「泉富子《いずみとみこ》」が清水紫琴のことである。大井について、「(略) 彼は全く変心せしなり、彼は妾《しょう》の帰国中妾の親友たりし泉富子《いずみとみこ》と情を通じ、妾を疎隔《そかく》せんと謀《はか》りしなり。」と語り、その「富子」について、彼女は岡崎氏の家計が不如意となるに及んで岡崎氏を「厭い」、「当時全盛を極めたる重井の虚名に恋々《れんれん》して、遂《つい》に（略）岡崎氏を棄て、心強くも東京に奔《はし》りて重井と交際し、果はその愛を偸《ぬす》み得たりしなり」と語る。そして書簡の出し間違いの話をした後、富子は重井との間に生まれた子どもを里子に出して顧みることもせず、その里子が尋ねて来たときに追い返したというのは、「何たる邪険非道《じゃけんひどう》の鬼ぞや」と語っている。

仲が良かったが故に、憎しみも倍増したということであろうか。また、こういう場合、憎しみが当の男性ではなく、交際相手の女性に向かうというのも、やはり少しおかしなことである。むしろ男性の不実を糾弾することの方が、筋が通っているが、嫉妬感情が絡まると、そうなるのであろう。それはともかく、清水紫琴は福田英子に批判され酷評されたのである。しかしながら、女権思想に関しては二人はやはり近いものがあった。清水紫琴の女権思想を、まず彼女の評論から見ていきたい。

たとえば、「当今女学生の覚悟如何」（『太陽』、1896〈明治28〉・11・15）では、夫は結婚当初は妻を慰めてくれることもあろうが、「漸次に」家を顧みることが無くなり、姑はそれは嫁の扱いが悪いからだと言うようになる。だから、「婚家は実に、楽園にあらず、安息室にはあらず、一時は実に失楽園、憂苦室にあるべきなり。ただこれを転じて、天国とし、不満足なる良人をば、理想の紳士とまでなすことは、一に諸嬢の忍耐と奮励とを要するなり」、と語る。

あるいは、ジェンダーについての今日の思想にも通じることを、「女子教育に対する希望」(『太陽』、1896〈明治29〉・7・20)で語っている。「(略)立派なる男子にして、立派なる女子ともなり得べく、立派なる女子にして、また立派なる男子となり得べきなのである、と述べる。これは性差を当然と考える世の通念に対して、アンチテーゼを突きつけた、ジェンダーについての思想やフェミニズム思想にも重なるであろう。よく知られている、シモーヌ・ド・ボーヴォワールの『第二の性』の中の冒頭の有名な言葉、〈人は女に生まれるのではない。女になるのだ。〉という言葉に込められた思想に通じるだろう。実に清水紫琴は、驚くべき先駆的な女権思想家であったと言える。

このように瞠目《どうもく》すべき女性文学者であったが、その小説も歯切れ良く展開する物語となっている。代表作である「こわれ指環」(1891〈明治24〉・1・1)は、紫琴の実体験と重なるところもある物語である。主人公で語り手の「私」は父母に勧められて18

歳の春に結婚し、そのときに指環をはめるのだが、やがて「下女」が思わず漏らした「先の奥様」の一言で自分が二度目の妻だったことを知る。そして、夫は外出が「繁々《しげしげ》になり」、「三日も四日も（略）家に帰らぬことなどもありました」ということになる。

一方の「私」は、雑誌や新刊書籍によって女権思想を知るようになり、そして「（略）非常に女子の為に慷慨《こうがい》する身となり」、「（略）日本の婦人も、今少し天賦の幸福を完《まつた》ふする様にならねばならぬと、いふ考へが起こつて参りました」、というようになった。そして、「（略）終に双方で別るる事となりました」となる。「私」は「世の中の為に働こふと決心」したが、その「記念の為にこの指環の玉を抜き去り」、「かの勾践《かうせん》の顰《ひそ》みに倣《なら》ふ」のではないものの、また朝夕これを眺めて、「この指環の為に働いて、可憐なる多くの少女達《おとめ》の行末を守り、玉のやうな乙女子たちに、私の様な轍を踏まない様、致したいとの望みを起こしたのでござります」、と「私」は語る。

「こわれ指環」は、先に見た評論「当今女学生の覚悟如何」の小説版とも言えよう。

他方で、清水紫琴にはハッピーエンドに終わる小説もある。たとえば「野路の菊」（1896〈明治29〉・12・10）がそうであり、次のような話である。

――お艶という妾に家の中をいいように支配され、本妻のお秋は家の隅の方にいた。お艶には情夫もいて、主人の金三が事業に失敗すると、お艶は家を出て妾宅を構え、元の芸者家業に戻るのである。お艶の連れ子のお静は、お艶の実の子ではなく、お静は本妻のお秋と仲が良かった。お秋の息子の金之助が学業途中で東京から帰り、今は母のお秋と住んでいる。お静は今は手芸学校に通っているのだが、どうやら金之助と結ばれそうな予感を読者に覚えさせて物語は終わる。――

また清水紫琴の小説で忘れてはならない作品は、「移民学園」（「文芸倶楽部」、1899〈明治32〉・8）である。これは、ヒロインの清子が重態の実父に会い、実父から自分の出自が京都の被差別民であることを聞くところを中心にした話で、以下のような内容となっている。

――実父は少年時代に継母にいじめられ家出をして、桂川の橋で身投げをしようと思っていたところを後に舅となる人に拾われたのだが、その人物は被差別部落の人間であった。実父はそこの家の娘と結婚して生まれたのが清子であった。清子は東京の学校に入り、そして結婚したが、夫の今尾春樹は政治家で今は大臣の地位にあった。しかし、清子の出自を知った夫は、大臣の地位を捨て、北海道に移り住んで「新平」の子どもたちを教育する学校を作ろうとする。――

「新平」というのは「新平民」のことで、当時、被差別部落の人々を表す言葉であった。紫琴は、島崎藤村の『破壊』（1906〈明治39〉・3）よりも七年前に差別問題を扱った小説を書いたのである。その先駆性は注目されるだろう。ただ、夫の今尾春樹が大臣職を辞す理由が、自分の妻が「新平」であり、そのため「畏き辺りに、拝謁の栄を辞しまつらざりしは、いかにもいかにも恐れ多き事なり」と思ったとされているが、この辺りに作者の人権意識に限界があると言えようか。天皇は「一君万民」ということを言っていたのだから、したがって建前としては、「新平」であることを問題にするはずは、無かったのだから、「恐れ多き」などと思う必要はないのである。「新平」だからと言って畏まる必要はなかったのであるが、そのように今尾春樹に思わせたというのは、天皇制の支配が明治国家全体に浸透していたということであろう。もっとも、今尾が所属していた内閣の総理は、そんなことは「小児らしき感情問題」だとして「一笑に付し去りて顧みざりし」とされている。

こうして見ると、清水紫琴は政治社会の問題に対して敏感に反応する、鋭敏な精神を持った文学者であったことを知ることができる。このような清水紫琴は女権論者として先駆的なだけでなく、面白く歯切れの良い小説を書くことにおいて樋口一葉とも並べられる存在であったが、執筆は若いときの約十年間で終え、後は筆を執っていない。なぜ筆を断ったのかは謎だが、エンターテインメントとしての小説に社会的な問題をも含ませる手腕は大いに評価していいだろう。何よりも、その物語の展開が面白いのである。樋口一葉や福田英子の影に隠れた存在となってしまったが、清水紫琴はもっと評価されていい文学者である。

江見水蔭《えみすいいん》　多領域で多作の文学者

ここで**江見水蔭**と平尾不孤とを比較的小さなスペースで扱うのは、それぞれ大きく扱うだけのものが見られないという判断からである。もっとも、江見水蔭は息の長い文学者で大正時代や昭和に入っても論及せざるを得ない文学者ではある。しかし、平尾不孤は早世したということもあって、作品数は少なく、力を十全に発揮する前に鬼籍に入った文学者であった。

まず、江見水蔭（本名、忠功《ただかつ》）であるが、水蔭は1869（明治2）年8月に岡山市壱番町に生まれ、1881（明治14）年に軍人を志願して上京し、1885（明治18）年に杉浦重剛《じゅうごう》の称好塾に入り、そこで巌谷小波《いわやさざなみ》、大町桂月《おおまちけいげつ》と知り合った。また巌谷小波の紹介で硯友社同人となり、これが文学者の道を進む大きな転機となった。以後、硯友社（系）の文学者として活躍する。その明治期の動きについては、江見水蔭著の『自己中心明治文壇史』（博文館、1927〈昭和2〉・10）の記述に拠って見ていきたい。

彼の自己認識が「序文」で語られている。それによると、江見水蔭は「生きて行く為には通俗に走つた。糊口を過す為には何んでも書いた」ようで、生活の安定を得たら、「元の詩に還ろう」と思いつつ、いつしか年月は過ぎ、「どこまで行つても生活の安定は得られなかつた」と語り、文学の世界では「水蔭時代といふものが来らなかつた」ので、「其代り自分は、常に第二流であり、第三流であつた」と述べている。そして後輩たちに追い抜かれたこと、「それでも棄権せぬ点が、自分の唯一の誇りであつた」として、自負も語っている。すなわち、「通俗小説でも、侠客小説でも、探偵小説でも、冒険小説でも、海事小説でも、軍事小説でも、怪奇小説でも、明治に於ての先駆は大概自分が勤めてゐた。脚本などでも早くから試作した」、と。

『自己中心明治文壇史』は面白い読み物になっていて、まさに水蔭を中心にした当時の文壇の様子を知ることができる。たとえば、田山花袋が毎日のように来て水蔭に「修正或は批評を乞ふ」ので、硯友社の人たちは「江見に弟子が出来た」と言っていたらしいこと、「(略)自分は一方に通俗物を稼ぎつゝ、一方に純文芸品を制作したい。つまり両刀の使ひ分けを考へたのであつた」が、「それは併し自分でも判然と区別が出来てゐても、他人から見れば混同され易い事なので、早くも江見堕落、水蔭濫作の攻撃を受け出した」と述べている。もちろん、「濫作」ができるのも、創作力があるからであり、いろんなジャンルの小説が書けるのも、才能豊かだからである。日本では、江見水蔭タイプの多作家は評価されにくいのだが、それは評価側の狭量さに原因があるのである。

また、面白いのは、尾崎紅葉から学ぶ所が多かったことを認めつつも、紅葉が水蔭の小説「雨後」を「駄作」だと言ったとき、自分はそうは思はなかつたとして、このとき「アゝ初めて紅葉より、一歩以上に出たのだと」思い、水蔭は「自信を持つた」ようなのである。また、硯友社について、それは「文学運動の為の団結ではなく、社交的機関……平ッたく云へば遊び仲間」だったということを語っていて、なるほどエンターテインメント文学を推進した硯友社らしさがわかる回想である。あの幸徳秋水との交友も語られていて、大逆事件に関しては、「あの優柔不断に見えた男が」と驚いている。言うまでもなく、大逆事件はデッチアゲ事件だったわけで、だから、幸徳秋水についての江見水蔭の印象は正しかったとも言えようか。秋水が計画するはずはなかったのである。

水蔭が明治期に発表した小説の中から、よく知られているものとしてまず取り上げなければならないのは、「女房殺し」（「文藝倶楽部」、1895〈明治28〉・10）であろう。この話は次のような内容である。

――天文学を学ぶ若い学生の近藤堅吉《こんどうけんきち》が、避暑地で「婆《ばア》さん」が営んでいる茶屋の娘のお柳《りゅう》を見初める。やがて堅吉はその茶屋に下宿することになり、堅吉は喜び、「婆《ばア》さんは丸《まる》で養子でも仕《し》た気《き》で、これも連《しき》りに喜んで居る。お柳は左程《さほど》喜びも仕《し》ない、かはりに又厭《いや》がりも仕《し》ない」と語られている。この辺りに堅吉とお柳との間に温度差があることがわかるが、実はお柳には暗い過去があった。父親が金のためにお柳を売ったという過去である。「金力《きんりょく》でバアヂニチーを破る、此位な惨酷は他《た》に決して無い」。そのことをお柳も「婆《ばア》さん」も恥じている。堅吉は、「何んとそれを嫁《めと》るのは義侠ではないが、仁徳ではないか」と思う。

三年後に「理科大学の専科」を卒業した堅吉は、お柳と結婚式を挙げた。陸軍の雇員となっている堅吉は満州に行かなければならないことになった。その間に欺かれてではあるが、またもやお柳は他の男に汚されたのである。お柳はそのことを深く悔やむのであるが、そのことを帰国して知った堅吉は、女房を殺して自分も死ぬのである。――

「女房殺し」について比較的詳しく梗概を述べたが、明治期の江見水蔭のよく知られた小説には、このように男女間の性愛をめぐる劇、もしくは悲劇が目立つからである。他の作品では「夏の館」（短編集『水車』〈春陽堂、1895〈明治28〉・8〉所収）があり、これは盲人の琴の師匠の娘が殿様の妾にされそうになっているのを、何とか救おうと馬引きが奮闘するが、うまくいかなくなったという話である。

「泥水清水」（「文藝俱楽部」、1896〈明治29〉・4）は、水嶋山三郎《みづしまさんざぶらう》という文学者と「お佐保《さほ》」という娼妓との二人が、別れようとして、その前に二人で三日間箱根を旅行するのだが、その三日目に「お佐保」が剃刀で自殺しようとするに及んで、水嶋は「お佐保」を引かせて妻にする決意をするものの、果たしてそれが可能か、というところで話は終わる。次に「旅役者」（「文芸藝俱楽部」、1900〈明治33〉・1）の話を簡単に紹介する。――これは旅芸人の一座の話で、座長の藤川段蔵《ふじかはだんざう》には年の離れた若い女房の「お芳」がいた。一座には売り出し中の若手の役者である藤川紫童《ふじかはしどう》がいたが、「お芳」

とは仲が良すぎるところがあった。そして、「お芳」と紫童とは出奔して、二人は今仲良く暮らしているらしい。ただ、二人は食卓に陰膳を据えていた。――

こうして見てくると、明治期の江見水蔭の小説は、さしずめ現代で言うならば、テレビドラマかワイドショーで扱われるような話が多いと言える。これらのように色恋の話が人生の問題の中心に位置するのは、やはり硯友社文学の枠組みの中の文学と言うことができるだろう。また、話の展開も良く、エンターテインメントとして楽しめる物語となっているのである。ただ、江見水蔭の活躍はその後も続いているので、後にまた彼の小説を取り上げるつもりである。

平尾不孤《ひらおふこ》　不遇の作家

平尾不孤（本名、徳五郎）は1874（明治7）年に岡山市野田町で生まれ、1905（明治38）年に京都で病死していて、わずか31年の人生であった。平尾不孤の文学をエンターテインメント文学で取り上げるには、少し躊躇するところもあるが、しかし彼の小説も先に取り上げた江見水蔭の小説と同様の傾向があるので、ここで取り上げたい。

たとえば、平尾不孤の中で唯一認められた作品と言っていい作品で、読売新聞の脚本募集で一等賞を受賞した戯曲「志士関武彦」（「讀賣新聞」、1904〈明治37〉・11・3〜12・18）である。話の大筋は、次に引用する、ヒロインの人妻である寿代の台詞から推測されよう。「（略）他人の……而も田代如きの言葉を信じまして、御立派な貴郎をお信じ申さなかつた事を今さら悔やみます……そればかりか御名誉ある貴郎のやうなお方を、一生の良人《をつと》としないで、獣の如き田代の玩弄物になり下ツてしまひました事を今さら悔やみます」、と。この作品は、戦争が背景にあるが、テーマは姦通を唆《そそのか》す商人の言葉に浮薄にも乗ってしまった人妻の話である。

「離別」（「新小説」、1900〈明治33〉・9）は、次のような話である。――柳吉と従妹《いとこ》の「お美代」は仲が良く、将来夫婦になるつもりだった。「お美代」はただ一人の親であった父に11歳のときに先立たれて、伯父のもとで暮らしていたのだが、その伯父が村の金持ちのところに「お美代」を嫁がせたのであった。柳吉は東京から帰郷するときに列車でスリに間違えられるというアクシデントがあり、そのため発狂してしまう。そして、その老母も「憤死」してしまう。そのことを聞いてから、「お美代」は生きる望みを失い、「縊《くび》れて死んでしまツたのである」。やがて正常な意識を回復した柳吉は帰郷して真相を知り、四年前に故郷を出たときのことを痛切に思い出すのであった。――

これらの小説には、当時の悲惨小説や観念小説などと言われた小説の影響を見ることができるかも知れない。悲惨小説としては、たとえば広津和郎の「変目伝《へめでん》」（1895〈明治28〉年）や泉鏡花の「外科室」（同・6）などがあり、社会の底辺部の暗黒の人生を執拗に描いたのである。先に見た江見水蔭の明治期の短編小説にもその影があるが、平尾不孤の小説にもそれを見ることができるだろう。

しかし、そういう小説ばかりでなく、平尾不孤の小説には、希望の持てる明るい小説もある。「小麦畑」（「小天地」、1901〈明治34〉・1）がそれで、これは現代風に言えばシスターフッドの話、すなわち女性同士の連帯、結びつきの話である。物語は以下のような内容である。――「市どん」は意中の人であった「お光《みツ》ちゃん」と仲良く暮らし始め、「市どん」は村童に勉強を教え、「お光ちゃん」は麦わらを編んで内職をしていた。順調な生活であったが、評判の良い先生だった「市どん」が、「過度の心労が原因で」病に伏し、ついに亡くなってしまう。物語の終局では、「市どん」の従姉妹であった「春ちゃん」と「お光ちゃん」とは、「（略）共に白髪となるまでも独身で暮すことを固く誓ツたといふ」。――

また、「窮詩人」（よしあし草」、1899〈明治32〉・8）は、その主人公の人生が平尾不孤その人の人生のようでもある。こう語られている。「この温かき家庭にわれのみは、唯一人書斎に閉籠りて書物を友とし、出ては自然の懐に抱かれて世と遠かり、独り不孝の子として、強者として、はた痴者として、人に捨てられ、世に捨てらる」、と。

これらの小説から、平尾不孤の小説にはサスペンスもあり、読者を引っ張っていく力があると言え、その点においてエンターテインメント文学として力量を発揮する可能性を持っていたと考えたい。ただ、その人物については、同窓（東京専門学校・現早大）であり、交友もあった正宗白鳥の言葉が的を射ていると思われる。

白鳥は「物故文人の手紙」（「早稲田文学」、1934〈昭和9〉・11）で、平尾不孤が自然主義時代に遭遇していたら「相当にいゝ物を書いてゐたかも知れない」と、その文学の可能性を語った後、人物についてはこう述べている。すなわち、「私の一生を通じて、死際に私に会ひたいなんて思つた人間は、私の父親と、この平尾不孤君とだけであつたと、私は今思つてゐる。これによつても、平尾不孤といふ男は、よく〳〵身辺の淋しい、哀れな人であつたと想像される。それでも、彼の一周忌には、小人数で追悼会だけは催されたのだが、その席上で誰れ一人、彼に懐しみを寄せたものはなかつた。いやな男であつたといふのに衆議一決したのだ。こんな追悼会も例がなかつたと思ふ」、と。

さて、こうして見てくると、岡山に縁のあるエンターテインメント系の文学者が明治時代に登場してきたと言えそうである。翻訳、女権、多領域の開拓、そしてサスペンスを含んだ文学が、明治期に生まれたのである。

第二章　大正期から戦前昭和期へ

大正期は、不十分なところも多々あったが、ともかくも日本の近代化が一応達成された時代であった。たとえば、すべてではないが帝国大学の設置がほぼ整うなど、学制が整備されたのも大正期である。この学制の整備に伴って、国民が二つの層に分化し始めた。知識人と大衆という分化である。その分化は学歴によってなされた。小学校卒の学歴しか持たない層と、中学校卒あるいは女学校卒以上の学歴を持つ層との分化である。中学校を卒業した者の多くは、さらに上級の学校に進学していった者が多く、そうなると小学校卒の低学歴層と中学校以上の卒業資格を持つ高学歴層との差異は、歴然としてきた。それが大正時代であったと言える。

たとえば、そのことは人々が読む雑誌の種類にも表れている。大正年間に雑誌の「改造」が発刊されたのが1919（大正8）年4月で、それより遅れて殆《ほとん》ど大正末期になるが「文藝春秋」の発刊は1923（大正12）年1月であった。「改造」は知識人向けの総合雑誌であり、「文藝春秋」は大衆向けの総合雑誌であった、と言うことができるだろう。もちろん、その差異は大まかなものであって、高学歴層にも「文藝春秋」を読む人もいれば、低学歴層の人たちの中には「改造」を読む人もあったのである。しかしながら、知識人と大衆との区分は、徐々にはっきりしてきたのが大正時代であった。そのことに伴って、文学という場においても、文学はいわゆる純文学と大衆文学とに二分され始めたのである。

とは言え、大正期前半ではまだその分化はそれほど意識されていなかったようである。夏目漱石の長編小説はほとんどが新聞連載小説であったが、漱石の意識の中に新聞小説は大衆文学が掲載される場であるという意識は無かった。というよりも彼には、純文学、大衆文学という区分の意識さえ無かったと思われる。しかし、大正時代を通じて徐々に文学は、その区分を受け入れるようになってくる。それは大衆文学が力を持ち始めたということでもあった。たとえば、その代表作品と言うことのできる、中里介山の長編時代小説『大菩薩峠』が「都新聞」に連載され始めたのが、1913(大正2)年9月12日からである。時代小説とともに大衆文学の二大ジャンルのもう一つは推理小説であるが、推理小説の代表的な雑誌「新青年」が発刊されたのは、1920(大正9)年1月であった。大衆文学は堂々とその存在を主張し始めたのである。

一方、純文学の側は、大正時代に「私小説《わたくししょうせつ》」が全盛期を迎えることになる。「私小説」とは、小説中に「私」という語り手が出て来て、その「私」が主人公であり、且つ「私」は作者その人である、という小説のことである。だから「私小説」というのは、小説の常識である、〈小説とは虚構作品である〉という大前提をはね除けた小説のことであった。これは普通の一人称小説とは違うのである。作者その人の実生活、さらには実人生が語られた小説なのであった。この「私小説」こそが大正時代には純文学の理想型のように考えられるようになったのである。

因みに、「私小説」家の典型とされている一人が、岡山出身で正宗白鳥とは同郷同窓で、白鳥とは終生付き合いのあった近松秋江《しゅうこう》であった。もっとも、二人の仲が良かったかと言えば、そうではなかった。少なくとも、正宗白鳥は近松秋江のことを嫌っていた。

さて、普通選挙法が大正末の1925（大正14）年に施行されるくらいまでに大衆という存在が無視できないようになってきたわけで、その大衆の力を背景に、後に大正デモクラシーと言われるようになったこの時代にも、岡山ゆかりの文学者は活躍している。明治時代から文壇に登場していた江見水蔭はその活躍を継続していたし、大衆演劇作者として大正期を代表する額田六福、さらにはまさに大正ロマンの立役者と言っていい竹久夢二の活躍もあった。

江見水蔭　時代小説とSF

この時代の**江見水蔭**の活躍ぶりは、たとえば『現代大衆文學全集 第二巻 江見水蔭集』に見ることができる。これが刊行されたのは1928（昭和3）年2月であるが、そこに収録されている短編小説はほとんどすべてが、大正年間に発表された時代小説である。この本は、江戸初めの慶長から江戸末期の慶応、さらに明治初めまでの時期が扱われている小説によって構成されている。この全39編の小説の内から幾つかを次に見てみたい。

江戸期の庶民の心意気を表している小説としては、「生不動出現」（1919〈大正8〉・4）がある。明暦期（1655〜1658）の話である。――鮨売りで色男与兵衛《よへゑ》が、美男を自慢する浪人、平大夫《へいだいふ》といざこざを起こし、屈辱的な目に遭わされたので、仕返しのために剣道の達人から名刀をもらい、無事、仕返しに成功したが、それ以後与兵衛は、男伊達《だて》の道を歩むようになる。大火中に大立て廻りもやり、以前から与兵衛に惚れていたお瀧《たき》と鎌倉で結婚生活を始める。しかし、与兵衛が病気になったとき、彼は以前殺《わ》した男の8人の子分たちにやられる。子分たちに、「火炙《ひあぶ》りだけゆるして呉れと詫びろ。然《さ》うすれば尋常《じんじやう》に止《とど》めを刺《さ》して遣《や》る」と言われたが、「馬鹿なツ。生不動《いきふどう》の与兵衛《よへゑ》は男だ。火定《くわぢやう》は本望《ほんまう》。薩張《さつぱ》りするから焼《や》いて呉《く》れ。だが、男子《をとこ》の魂《たましひ》だけは、どんな猛火でも焼かれまいぞ。はゝゝゝゝ」と言って、「一言《ごん》も苦痛《くつう》を漏《も》らさず、紅蓮《ぐれん》の熱火中《ねつくわちう》に大往生《だいわうじやう》を遂《と》げた。」のである。――

男性ではなく女性の心意気を表している小説に「鯉大尽の娘」（1920〈大正9〉・8）がある。これは寛政年間（1789〜1801）の物語とされている。――盗人の男といっしょになった、金持ちの娘、お瀧《りう》。と言っても、お瀧は拾われた子であった。

その盗人の男、水切文次《みづきりぶんじ》の仲間が、実はお瀧の実の両親を殺した男であった。そのことを知っている文次は、仲間であってもこの仲間を刺し、お瀧に親の仇を討たせる。結局、文次たちは最後の盗みに失敗して捕まり、お瀧は、役人の一人であった元・許嫁の男に殺される。その許嫁はお瀧を助けてやろうとしたのだが、「私の身に取っては、水切文次といふ人《ひと》が、何処《どこ》までも良人《おつと》で御座《ござ》んす」と、お瀧は文次のことを言うので殺されたのである。磔台《はりつけだい》に上った文次は、お瀧の死を聞いたときに、「完爾《にっこり》と打笑《うちえ》んで。／盗人《ぬすびと》の女房《にょうぼう》にも貞女《ていじょ》があるぞ」と言って死んだのである。

もちろん、この小説集には悲劇や復讐の話も語られている。たとえば、寛永期（1624～1644）の話である「古絵馬の裏」（1925〈大正14〉・1）では、その両方が合わせられている。――能役者の桜庭錦之丞《さくらばきんのじょう》は能の技芸が認められて奥州南部藩の家臣となっていた。しかし、徳川家光将軍から南部藩が賜った大事な能面を紛失してしまう。体調を崩した錦之丞は、知り合いの侍から悪い薬を飲まされ、以後、錦之丞は「腰抜《こしぬけ》けに成《な》つたのであつた」。錦之丞は、結局、能面紛失の責任を取り切腹する。その妻の静代《しづよ》は悪い薬を飲ませた侍に対しての敵討ちを試みる。その侍は元々、静代に横恋慕していたのであった。静代は任侠の徒の助けを借りて、見事仇討ちを果たすが、自らも自害する。おそらく、能面の在処《ありか》を知るため、敵討ちの相手の男に躰をまかせたことがあったためであろう。――

静代は貞操を失ったため、その自己処罰として自裁したわけである。このように復讐と悲劇が絡んだ話もあるが、正徳年間（1711～1716）の話の「安房義民団」という義民の話もある。これは、実際に安房《あわ》の国（現在の千葉県南部）であった史実に基づいていて、農民一揆である万石《まんごく》騒動の話である。物語では大女のお浦の活躍で民衆側が勝ったのであるが、一揆の代表者の六人のうち、三人が処刑されている。藩主も改易になったようであるが、一揆は勝っても必ず犠牲者が出るのである。

因みに、同様の例が江戸末期に岡山で実際に起こった渋染《しぶぞめ》一揆である。これは岡山藩が被差別部落の人たちに布令を出した、「無地の渋染めか藍染め以外の着用を許さない」という理不尽な倹約令に対して、部落の人たちが蹶起《けっき》して倹約令を撤回させた一揆である。実に輝かしい一揆の成功例なのであったが、この場合でも一揆の指導者12名が逮捕され、その半数が獄死させられているのである。支配層は単なる負けは認めないわけである。

その他に、医者の男と密通した妻が夫を毒殺し、その夫の弟が敵討ちをする「飯田の仇討」（1926〈大正15〉・1）という嘉永年間（1848〜1854）の話や、浮気者の美女に片思いをしている大男の力士が、その女が蓮っ葉なことを知り、そしてとっても小さな女と夫婦になったという「大男と小女」（1920〈大正9〉・10）など、興味深い話に富んだ多くの物語で構成されているのが『現代大衆文學全集 第二巻 江見水蔭集』であるが、悲劇的な話や復讐の話のようなものばかりでなく、良い話も収録されている。天明年間（1781〜1789）の話である「鮫の井お春」（1922〈大正11〉・11）がそれである。これは、女性で侠客とも言うべきお春の話で、彼女は美人であったが、肌が鮫肌であった。そして「一生独身《しやうどくしん》で女房名物《あわめいぶつ》の女侠客《おんなけふかく》。」だったが、「一代《だい》の義侠《ぎけふ》、美談佳話《びだんかわ》が少《すく》なからず。」でもあり、当時としては71歳の長寿で、「眠《ねむ》るが如《ごと》く往生《わうじやう》したといふ。但《ただ》し、其鮫肌《そのさめはだ》が全治《ぜんぢ》したか如何《どう》か。それを知《し》る者《もの》は無《な》しに終《をは》つた」と語られている。

このような、ほのぼのとしたと言える話も含んで、この本には江戸期の様々な物語が語られているが、そのことはどんな話柄でも一編の小説に仕立て上げる江見水蔭の力量をも表していると言えよう。また、収録されたどの小説も、読み物として面白く、且つそれぞれに人生を、あるいは人生の断面を感じさせる物語となっている。

多領域をカバーできた多才な江見水蔭は、SFの少年小説も手がけているのである。たとえば、「少年倶楽部」に1925（大正14）年4月から翌1926（大正15）年4月まで連載された『暴《あば》れ大怪獣《だいかいじゅう》』である。これは外蒙古が舞台で、時代は作品発表当時かそれより少し前に設定されている。以下が梗概である。

——父が日本人で母が中国人の馬賊の頭目である火金竜銀女《かきんりゅうぎんじょ》は、某国の旧皇族の少年、清流《せいりゅう》君を擁して国を建設しようと計画していた。その計画に抗して外蒙古を支配しようとしていたのが張風岳《ちょうふうがく》の「我利我利《がりがり》国」で、張たちは大怪獣という毒ガスを噴出する電気タンクや、大怪鳥式の飛行機を持っていた。銀女の味方は、愛民病院長の荒川巌《あらかわいわお》と助手の星村金輔《ほしむらきんすけ》少年、考古学者の米田正三郎《よねだしょうざぶろう》、蒙古少年ヤンチャイ君などであった。彼らは拿捕《だほ》した大怪獣のタンクに搭乗して張風岳を捕虜にしたと思ったが、その捕虜は替え玉だった。しかし最後には本人を捕まえて毒殺する。金輔少年は単身「我利我利国」の根拠地に侵入して、大怪鳥式飛行機を爆破し、最後には銀女たちが考えていた国が建設される。——

少し驚かされるのは、満州事変が起きる六年前にすでに中国大陸の満州での国家建設の物語が語られていることである。もちろん、たとえば1904年の日露戦争当時に岡倉天心が英文の『日本の目覚め』を出版していて、そこには「朝鮮と満州の独立状態は、わが民族にとって必須の経済条件である。」（齋藤美州訳）として、増大する人口を抱えた日本はこれらの未耕地の多い両地域にはけ口を求めなければ、「われらは餓死するよりほかないからである」と述べていた。また、いわゆる関東軍はその地に駐屯して、侵略を窺っていたのではあるが、しかしまだ一般には満州問題ということが大きな話題にはなっていなかった。

そういう時期に、少年ものとは言え、江見水蔭がこのような小説を書いているのは、彼が時代の動向を見るのに敏感なところがあったということであろう。もちろん江見水蔭には他国を侵略することの是非を問うような政治的な見識などはなかったと言える。だから、単純に満州を舞台とした面白い冒険譚を語ってみせたとも言える。

しかし、登場人物たちの発言や会話をみると、明らかに戦前昭和のナショナリズムを彷彿《ほうふつ》させる傾きがあることに注意しなければならない。たとえば星村金輔は、「何糞《なにくそ》ッ。俺は日本人だ。」と言い、考古学者の米田正三郎も「米田正三郎、これでも日本人だ。その位の勇気は有る」、あるいは、「馬鹿な事をいうな。いやしくも日本人だよ。米田正三郎は日本の学者だよ。」と語る。登場する他の日本人たちも、日本や日本人ということを声高に語っているのである。

したがって『暴れ大怪獣』は、戦前昭和の時代動向を、すなわち日本主義ということが喧伝《けんでん》された時代動向を、先取りした少年小説であったと言える。昭和期に入ってからは、たとえば漫画作品だが、東南アジアを舞台にした、『暴れ大怪獣』と同様「少年倶楽部」に1933（昭和8）年から1939（昭和14）年まで連載された島田啓三の作品『冒険ダン吉』も、やはり本質は侵略を鼓吹する物語であった。『暴れ大怪獣』は、その鼓吹を先取りした少年小説であったと言える。昭和期に入ってからは、東南アジアを舞台にした、やはり本質は侵略を鼓吹する物語が語られ出すのである。エンターテインメント文学と軍国主義などとの関係については、戦前昭和期のところでも論及したい。

額田六福《ぬかだろっぷく》　大正の商業演劇の第一人者

額田六福（1890〈明治23〉～1948〈昭和23〉）は、明治23年10月に岡山県勝南郡勝田村（現・勝央町）で生まれた。五男二女の末っ子で、本名は「ムツトミ」と読むが、劇作家となってからは、「ロップク」と呼ぶのが通例となったようである。津山中学時代に津山の廓街を歩いていたのを見咎められて退学になり、やむなく京都の立命館中学に転入した。立命館中学時代に右手に結核性の掌関節炎を発病し、結局、手術によって右腕の肘下部分を切断することになった。その入院中に「演劇画報」を読み耽って、演劇作者の道を歩むことを決意し、上京して岡本綺堂《きどう》の元に入門する。それは1913（大正2）年の頃と推測される。上京した秋には早稲田大学英文科に編入学した。

劇作家としての実質的なデビューは、1916（大正5）年の「出陣」によってである。雑誌「新演芸」が大正5年に脚本を募集したのだが、最初は該当作がなく、二度目に募集したときに132編の応募があった中で入選したのが「出陣」であった。選者の坪内逍遙が強く押したらしい。額田六福の戯曲を眼にすることは、おそらく近年ではほとんど無いと思われるので、幾つか紹介したい。

「出陣」は以下のような話である。――執権北条時宗の家臣浄心の子息小太郎と、信濃守の息女渚は相愛の仲であったが、領土に絡む両家の争いのため仲を裂かれていた。蒙古襲来に備えて鎌倉武士は九州に向けて出陣となった。浄心と信濃守は先陣を争うが、時宗の命で信濃守が総大将、小太郎が副大将を務めることになって両家は和解し、やがて小太郎は渚に見送られながら出陣する。――

以上が「出陣」の主筋であるが、小太郎は渚に向って、出陣することを「みな宿世《すくせ》よりの運命とあきらめられよ。」と語り、それを受けて渚も、「あい、あきらめます。あきらめまするその前に、そのお心の奥を聞かせて下さりませ。」と健気に語り、「渚はここに止まりましょう。（懐剣でプッツリと黒髪を断つ）しかし、心はいずこまでも、片時お傍をはなれずにお供を致しまする。（黒髪を差し出す。）」のである。そして、小太郎も「（受け取って）満足じゃ。いずこまでも伴い申すぞ。」と語って、黒髪を懐に入れ、そして法華経を取り出し、これを「わが形見ぞと思われよ。武運つたなく打死せしと聞き給わば、その経を聞きて回向の程を頼みまいらす……」と語るのである。最後に日蓮が登場して「南無妙法蓮華経……」を唱えているのだが、渚は「渚はそなたを大事に思うのじゃ。そなたを生んだこの国を大事に思うのじゃ。」と「（高く強く叫ぶ）。」とされている。

まるで戦前昭和期における出陣兵士を見送る場面を見ているようだが、もちろん額田六福はそのようなことを意識してこれを書いたわけではない。しかし、鎮護国家意識の強い日蓮を最後に登場させているところなど、やはり額田六福にもナショナリズムへの傾きがあったと言えるかもしれない。もっとも、平井法が「額田六福」（『近代文学研究叢書』第六十五巻　昭和女子大学近代文学研究室、1991〈平成3〉・12）で述べているように、「商業演劇の第一人者として活躍した額田六福は、常に大衆とともに歩むことを目指した作家であった」のだから、先ほどの場面や日蓮の登場も、大衆の動向を察知した結果であったと言えよう。

「出陣」は一応成功を収めたのであるが、玄人筋にはあまり評判が良くなかったようである。たとえば、人物の内面描写や思想性の不足が指摘されたらしい。しかし、そのような不足は織り込み済みだったのではないかと思われる。それらのことよりも、大衆演劇を企図していた額田六福にとって、大衆に喜ばれることこそが大切だったのであろう。

爽快さのある劇は、「小梶丸」（「ふたば集」、1924〈大正13〉・7）であろう。これは、以下のような話である。――一目惚れした遊女の小梶を受け出そうとする、一代で成功した荷主の友右衛門だが、小梶にはすでに情夫の常二郎がいて、小梶を受け出して連れ帰る船には、常二郎が潜んで乗っていた。見つかった常二郎が立ち回りを演じた後、小梶と二人で死のうとするが、それを見た友右衛門が二人を許すという意外な結果になる。最後の場面で二人に対する友右衛門はこう語るのである。「(懐中より金入れを出す)使い残した金じゃが、これを路用にして何処へでも行って身を立ててくだされ。梶屋の証文は、こうなれば反故じゃ。(年季証文を裂く)」と。――

このようなハッピーエンドに終わる劇は少ないであろうが、しかし、観劇した大衆には喜ばれた話であったであろう。もちろん、このようなハッピーエンドとは逆の劇も額田六福は書いていて、しかもそれは代表作の一つになっている「冬木心中」(「演芸画報」、1921〈大正10〉・4)である。これは、以前は放蕩していた平太郎が心を入れ直して家業に勤しんでいたところ、昔の女であるお仙と彼女の今の情夫、藤兵衛が付きまとい、平太郎の命を狙うのだが、藤兵衛は返り討ちに遭い、平太郎によってお仙ともども殺される、という話である。その後、平太郎は許嫁のお菊とともに心中することになるのである。

「天一坊《てんいちぼう》」(「舞台評論」、1923〈大正12〉もしくは1924〈大正13〉・9)は、江戸時代に起こった天一坊事件を扱ったものであるが、善意がとんだ事件に発展する話である。「おさん婆さん」がならず者の宝沢を何とか真面目な人間にしようと仕組んだ話が、「天一坊」事件の真相だったという話である。「おさん婆さん」はこう語っている。「（略）どうぞ真人間に戻したいと、あの二品が残っていたのを幸いに、高貴のお胤《たね》と云い聞かせたら、少しは身持ちも直ろうかと、思いついたのも年寄りの浅知恵からじゃ。」、と。「二品」とは「上様の御直筆」と紀州家の「宝剣」のことで、それを証拠にして「高貴のお胤」という話を作ったというのである。

こうして幾つかの作品を見てみると、額田六福の演劇脚本は、物語の筋の展開に面白さがあると言えるが、登場人物の人間性や性格を掘り下げたものとは言い難いであろう。したがって、たとえばドイツの劇作家ブレヒトが言ったように、問題や疑問すなわち違和を観衆に投げつけて、観衆に自分たちの生きる姿勢や人生のあり方に反省をせまる、というような劇ではなかった。観衆が観て面白いと思えば、それで商業演劇は十分に成功したと考えて良い、というような演劇であった。おそらく、それも演劇の一つのあり方として認められるべきであろう。そして、その点においては、額田六福の劇は成功したのであった。

竹久夢二《たけひさゆめじ》　大正ロマンの象徴

　大正期は不十分ながらも日本の近代化が一応達成した時代であった、ということを本章の冒頭で述べたが、大正期は鈴木三重吉が主宰した雑誌「赤い鳥」が1918（大正7）年に発刊されたことに示されているように、児童文学への関心が高まった時代でもあった。宮沢賢治が、1924（大正13）年に刊行された童話集『注文の多い料理店』に収められることになる、「どんぐりと山猫」や「かしはばやしの夜」、さらには「よだかの星」、「鹿《しし》踊りのはじまり」などの多くの童話を書いたのも、大正時代であった。

　大正期はまた、1911（明治44）年9月に創刊された雑誌「青鞜」に拠って、平塚雷鳥らが女権運動を展開していった時代であった。女性の立場というものに初めて眼が向けられた時代でもあった。それは女性という社会的弱者に温かい関心を持つことであったが、同様に社会的弱者であったと言える労働者に対しても眼を向ける動きが出て来たのも大正時代であった。それは社会主義への関心でもあるが、このことは直接には1917（大正6）年に起きたロシア革命の影響があったからと言える。しかしそれだけでなく、資本主義化が進んで日本社会のあちらこちらに資本主義がもたらす弊害、たとえば1890年代以降に社会問題となった、栃木県の足尾鉱毒事件に端的に見られるような弊害が、はっきりと意識され出したという要因もあった。

児童文学への関心、女権運動の展開、労働運動の高まりなど、これらはいずれも社会的には弱者の立場にいる人々への眼差しと言えるが、そのことは社会を一部の強者の思いのままにさせるのではなく、社会的弱者をも含めた多数の意志によって社会を運営しようとする民主主義意識の高まりでもあった。それはたとえば、政治学者であった吉野作造が、大正期の初期に「民本主義」を主唱して、政治や外交、社会の民主化要求の論陣を張ったことに表れていると言えよう。

また大正期の資本主義は、鉱毒事件などの弊害を含みつつも、一応の成熟期を迎え、人々の生活文化に影響を与えた。大正浪漫《ロマン》と言われる雰囲気であり情緒であった。とくに都市生活者を中心にして、一時的で微かなものであったにせよ、人々は生活の中でそのロマンの香りを嗅ぎ、その雰囲気に包まれたのであった。

竹久夢二（1884〈明治17〉～1934〈昭和9〉）は、今述べてきたような事柄、すなわち児童文学、女性への関心、労働運動（社会主義）、そして大正ロマンなど、いずれにも関わっていた。彼の活動は、絵画、詩文、児童文学などの多方面に亘《わた》っているが、その原点とも言える、彼の社会的な関心から見ていきたい。

竹久夢二は、１８８４（明治17）年9月16日に岡山県邑久郡本庄村で生まれた。本名は茂次郎《もじろう》であった。この名前が示しているように、夢二は次男坊であったが、夢二が生まれる前年に兄が3歳で亡くなっているため、実際には長男として両親からは寵愛されて育ったようである。１９０１（明治34）年に上京し、翌１９０２（明治35）年に早稲田実業学校に入学するが、１９０５（明治38）年に中退している。この頃、明治の初期社会主義者とも言うべき、あの平民社の荒畑寒村と共同自炊生活をしながら平民社の機関誌にコマ絵を掲載している。岸たまきと結婚した１９０７（明治40）年にも「平民新聞」にコマ絵やさらに川柳を掲載している。

竹久夢二の社会主義への関心は、荒畑寒村を通しての平民社との繋がりから生まれたと言える。そうなると、竹久夢二は日本における初期社会主義と深く関係があったと言え、理論的なことについてはその理解は至らなかったであろうが、社会主義についてはごく初期からの同調者であったと言うことができる。若いときの絵に、おそらくメーデーと思われる行事に参加した人々と、それを抑えようとしている、腰にサーベルを持った警官とが対峙している絵があり、この絵は夢二の関心の有り様を表しているだろう。なお、荒畑寒村は夢二の絵の才能を最初に認めた人で、荒畑寒村の助言から夢二は絵の道を進んでいったようである。

後でも言及することになる、夢二の自伝的な長編小説『出帆』（「都新聞」、1927〈昭和2〉・5・2〜同・9・12）では、主人公の三太郎（夢二）はこう語っている。「三太郎もまだ二十代の青年の頃には、芸術家的敏感から、地上にユウトピアを持ちきたす夢を信じていたものだ」、と。因みに、岡山県出身でとくに評論、そして小説などでも健筆を揮い実に多くの著作を上梓した（300冊以上と言われている）木村毅《き》は、評伝『竹久夢二』で、「（略）片山潜、福田（景山）英子、竹久夢二の三人が岡山県人である。社会主義運動史上に占める岡山県の比率のいかに重いかを見よ」と語っている。さらには竹久夢二は、大逆事件のときも警察に拘置されて訊問《じんもん》を受けているのである。やはり当時の言葉で言えば〈主義者〉の人間として警察にマークされていたわけで、子どもの不二彦によれば、その後も十年間も警察からの監視や私服警察の尾行がつきまとっていたようである。

このように見てくると、後のいわゆる美人画をたくさん描いた夢二は、しかも見ようによっては退廃の生活の中にいるような美人たちを描いた夢二は、初期の社会主義の精神を忘れてしまったかのように思われてくるかも知れないが、実はそうではなかったであろうと考えられる。

その問題について、歴史家のひろたまさきは、「竹久夢二研究序説」で、以下のように述べている。「（略）平民社時代からの「反骨」の精神が夢二のその後にも貫かれていたとすれば、それは従来の夢二像に大きな修正をせまることとなろう。もちろん、従来の美人画の流行画家としてもてはやされた夢二像、そしてしばしばドン・ファンの如くに評されるその女性遍歴の夢二像も事実として存するのであるから、夢二にはこの二つの精神というかスタイルの流れがあったと考えるべきであろう」、と。

また、この問題に関して詩人で多くの批評も書いている秋山清も同様のことを、『「夢二転向」論』でより強く述べている。やや長い引用になるが、夢二を論じたり評価したりするときに、大切な指摘だと思われるので次に引用したい。

「夢二は社会主義の新聞にさし絵や短歌、川柳などを多数書いていた明治四十年前後から、その以後ほとんど死のときまで、緩急のちがいこそあれ、決して権力者や支配者を讃美したり、あるいはまたその彼らの立場に立って、描いたり、うたったりしたことはなかった。如何なるときも彼の画題は庶民の生活からはなれてしまうということはなかった。耽美を思わせる姿態であれ、貧寒たる孤独者の後姿であれ、いつも夢二の対象の重点が下層の生活者にあったことはまぎれもない」。そして秋山清は、「彼の描いた女たちが、ほとんど常にまずしく、寂しく、病身で、それ故に新しい時代から取りのこされるものとの矛盾にさらされたりした」ということを述べている。美人画においても夢二は、やはり社会的弱者への温かい眼差しを向けていたということである。

さて、本書は夢二の絵を論じるものではないので、彼の美人画についてはここまでにして、彼の童話や童謡について見ていきたいのだが、その前に岡山出身の児童文学者の坪田譲治が、語っている児童文学論を参照しておきたい。評論の「児童文学」(『新修　児童文学論』1965〈昭和40〉・1『坪田譲治全集』第十二巻)で坪田譲治は、この世界を言葉に変えて、それを子どもの心に映してやり、そこに心の世界を構築させ、これでもって物事を思考し判断させるに至る、というのが自分の考える児童文学だ、ということを述べた後、「すなわち文学による人生の実験教育、これが児童文学というものではないかと、私は考えます」と述べている。

さらに、「児童文学論」(同)では、児童文学は子どもにとって「ためになる」ことが大切だとして、その「ためになる」(傍点・原文)というのは、「第一、少年小説や童話は、子供に人生を客観してみせると思うのであります」と述べている。続けて、「第二に、童話によって少年小説によって、子供たちは人生の機構を学ぶのであります」として、「何よりも真実を語ることが必要」だと述べている。竹久夢二の童話は、この坪田譲治のあり得べき童話像に叶っていると思われる。

たとえば、『童話集 春』(研究社、1926〈大正15〉・12)に収められている「都の眼」は留吉という、田舎暮らしをしている青年が、「広い都」に憧れを持っていて、小学校時代の旧友が「都に住んで好い位置を得てくらしてゐることを思出し」て、まずその友人の所に訪れる話である。以下のように話は展開する。

――留吉はその友人に「卒業試験《そつぎょうしけん》の時《とき》、算術《さんじゅつ》の問題《もんだい》を彼《かれ》に教《おし》へてやつたことがある」こと、また「竹馬《たけうま》を作《つく》つてやつたこともある」ので、友人はそのことを覚えていて留吉に感謝の気持ちを忘れず、訪れてきた留吉を歓迎してくれるだろう、と思っていたのであるが、その期待は裏切られる。庭に入ったところで番犬に吠えられ、追い返されて、被っていた帽子を落としたりもする。その帽子は戻ってきたのだが、留吉は都でうまくいかないのを帽子のせいにするのである。遂には巡査に「他人《たにん》の邸宅《ていたく》へ無断《むだん》で侵入《しんにふ》しては相《あひ》ならぬぞ」と注意まで受けてしまう。結局、「留吉《とめきち》が、不孝《ふかう》な帽子《ばうし》をかぶつて、都《みやこ》の停車場《ていしやぢやう》からまた田舎《ゐなか》の方《はう》へ帰《かへ》つたのは、それからまもないことでした。」——

この物語には、坪田譲治が言うところの「真実」が語られていて、子どもたちは「人生の機構を学ぶ」であろうと考えられる。期待は裏切られることがあること、恩を売ったからと言って、その恩返しが必ずあるとは限らないという「真実」や「人生の機構」が込められている話である。『童話集 春』には爽やかな物語と言える「大《おほ》きな蝙蝠傘《かうもりがさ》」も語られている。次のような話である。

——田舎から東京の学校へ転校してきた「幹子《みきこ》」は、東京の少女に較べるとかなり田舎染みていたが、学科の勉強や運動など少女がすべきことだけは「やつてのけると言《い》つた質《たち》の少女《せうぢよ》」で、「若木《わかぎ》のやうにのんびりした少女《せうぢよ》でした」。幹子は毎日「大《おほ》きな蝙蝠傘《かうもりがさ》」を持ってくるので学校中の評判になり、「口のわるい生徒」の「冷笑の的」にもなっていたが、幹子は気にせず受け流していた。ある日、授業中に雨が「流れるやうに降ってきた」が、冷笑の的になっていた、その「大きな蝙蝠傘」

が役立ち、冷笑していた二人の女の子を傘に入れて帰ったのである。――

この話から子どもたちは何を学ぶであろうか。「幹子」のように、からかわれても我が道を堂々と自信をもって進む、人間としての立派さを学ぶだろうか、あるいは軽蔑してからかいの対象であった人物から助けてもらうことも人生においてはあり、人をからかうことを反省するだろうか。様々に考えられるが、この物語には「人生の機構」や「真実」が語られていると言えよう。

竹久夢二の童話には、まさに子どもの心が語られているだろうと思われる物語もある。同じく『童話集 春』から、たとえば「誰《だれ》が・何時《いつ》・何処《どこ》で・何《なに》をした」という物語である。舞台は東京で、AとBという中学生が遅刻して学校から閉め出しをくってしまい、「家《うち》へなんかに帰《かへ》つたら余計《よけい》にわるいよ」とBが言ったので、二人で街を歩くことにしたのだが、こう語られている。「二人《ふたり》にとつてはそんな風《ふう》に、何《なに》もかも見《み》るものがすべて珍《めづら》しく面白《おもしろ》かった、どうしてだろう（略）。／学校《がくかう》の休日《やすみび》でない日《ひ》に、かうして街《まち》を歩くといふことは、今《いま》まで嘗《かつ》てないことでもあつたし、冒険《ばうけん》に似《に》た心持《こゝろもち》がうれしいのだつた」と。

学校をエスケープした少年たちの、この辺りの気持ちが良く捉えられているだろう。

こういう記述を読むと私は、梶井基次郎の小説「冬の日」（1927〈昭和2〉・2・4）の一節を思い出す。主人公の青年、堯《たかし》が4、5歳の子どもたちが通りで遊んでいる光景を見て思う場面である。「――それはたとへば彼が半紙などを忘れて学校へ行つたとき、先生に断りを云つて急いで自家へ取りに帰つて来る、学校は授業中の、なにか珍しい午前の路であつた。そんなときでもなければ垣間見ることを許されなかつた、聖なる時刻の有様であつた。」と語られている。平日の昼間、学校にいるときには見られない市井の風景を、どちらの小説でも主人公はたまたま見てしまい、或る感動さえ覚えているのである。おそらく多くの人も、子どもの頃にその種の体験をしたことがあるだろう。「冬の日」の堯が言うように、その風景は「聖なる時刻の有様」のように見えるだろう。

夢二の童話は、このように少年少女の感覚を捉えて表現したものがある一方で、いかにも教訓話めいた童話もある。たとえば『青い船』に収められた話である。「松の木」の話は、小さな松の木が自分の針のような葉が気に入らなくて、神様に金の葉や硝子《ガラス》の葉を着けてもらうのだが、やはり元の自分の葉が一番良かったと思い、針のような元の葉も戻ってきてくれて、「それから松《まつ》の木《き》はたいへんに幸福《しあはせ》に暮《く》らしました。」と結ばれる。「黄金の窓」もほぼ同趣旨の内容であり、他人の家の窓が「黄金《きん》」に見えるが、実は自分の家の窓も他人からは「黄金《きん》」に見えていたことに気づく話である。「黄金《こがね》の瓶《かめ》」は、次のような話である。――水が干上がってしまい、病気の母親に水を飲ませたいと思っていると、神様が水の出るところを教えてくれ、その水を瓶に汲んで家に帰り、母に飲ませるとその瓶は黄金に変わった。そのときにやってきた年取った旅人に水を分けて与えると、旅人が去った後、その瓶から後から後から水が湧きあがったのである。――

今、『青い船』から3つの童話を紹介したが、それぞれの童話に込められた教訓については言うまでもないだろう。竹久夢二の教訓童話は、言わば道徳臭の少ない爽やかな話に仕上がっていると言えよう。

さて、夢二のエンターテインメント文学ということで言えば、やはりその詩文も含まれるだろう。多くの詩文の中から、残念ながら僅かなものしか取り上げることができないが、まず一番人口に膾炙《かいしゃ》した「宵待草」についてみると、「宵待草」詩の、その制作に関わる出来事について見てみると、「宵待草」については夢二自身が記憶違いか、あるいは故意に話を創作しているのではないかと思われる。夢二はその自伝的小説『出帆』(前出)の中で、次のように語っている。なお、作中の三太郎は夢二のことで吉野が彦乃、そして桃井葉子が永井カ子《ネ》ヨのことである。「宵待草」の「歌詞をここへ書くのはうるさいが、曾《かつ》て吉野を待つ宵に作ったもので、三太郎は病床の吉野のために桃井葉子の手をちぎれるほど握つていた」と。

このように夢二自身は、吉野すなわち夢二にとっては2番目に出来た恋人の彦乃を待つ宵に作ったと、語っているのだが、夢二が彦乃と会ったのは、1914〈大正3〉年に「港屋絵草紙店」に於いてであった。しかし、「宵待草」の初出は詩集『どんたく』（実業之日本社、1913〈大正2〉・11）なのである。彦乃に会う前にこの詩は作られたのであって、『出帆』の中の三太郎（すなわち夢二）の言葉は間違いである。わずか25歳の若さで亡くなった彦乃への愛を、もっとも人口に膾炙した詩に込めたかったのであろうか。彦乃への愛が夢二の中で一番強かったとされていることを考えると、夢二自身が無意識に記憶を創作したとも考えられる。

童話や児童文学から離れて、たとえば箴言《しんげん》めいた言葉や警句めいた言葉から構成されているのが、大人の読み物として『恋愛秘語』（文興院、1924〈大正13〉・9）である。たとえば、「今、一歩といふ所で拒まれた。と彼は、私に話したが、私の見る所では、彼は第一歩においてすでに拒まれてゐたのだ。」や、「女は入口で鏡を見る。

しかし出口では忘れる。」、あるいは「「わたくしいくつに見えて?」と彼女が訊ねたら、十七八と、いつでも答へるに越したことはない。よし彼女が五十八であっても。」などである。気が利いた言葉が語られているようだが、それほど深い意味も無い、単にシャレた言葉に過ぎないと言える。

このような軽さも竹久夢二にはあるわけだが、その絵と詩文はまさに大正浪漫を代表する芸術家であった。すでに述べたように、実は彼には筋の通った反骨精神があったことを忘れてはならないであろう。軟派のイメージがあるが、実は骨太な反骨精神があるというのは、戦後昭和期で扱う吉行淳之介もそうである。

第三章　戦前昭和期

戦前の昭和期は、その初期はプロレタリア文学が興隆し一時期は文壇を席巻するほどの勢いがあったが、やがて警察権力による弾圧でその運動は抑えこまれる、という文学史上の大きな出来事があった。また１９３１（昭和６）年には満州事変が勃発し、以後１９４５（昭和20）年まで日本は戦争し続けていた。本来なら改めて言うべきことではないが、私たちが忘れてはならないことは、１９４１（昭和16）年の真珠湾攻撃から始まった対英米戦争は、それ以前の対中国戦争の延長上にあった戦争であって、したがって日本は昭和６年から20年までの15年間、戦争をしていたのである。だから、これを十五年戦争という呼び方で言うこともある。戦前昭和期のエンターテインメント文学を含めての文学の動きも、この戦争と関わって展開された、ということができる。

そのことは岡山のエンターテインメント文学においてもそうであった。本章で扱う棟田博の兵隊ものがそうであり、エンターテインメント作家というには少々微妙な里村欣三の三部作と言うべき『第二の人生』（１９４０〜１９４１〈昭和15〜16〉）においても、戦争下の兵隊が主人公である。これもエンターテインメント系と言い切れない、発禁処分となった石川達三『生きてゐる兵隊』（１９３９〈昭和14〉）もそうである。

もちろん、文学には文学独自の動きもあって、たとえば昭和10年には菊池寛の文藝春秋による、芥川賞、直木賞の創設があった。また大正時代に登場した作家たちの一層の活躍もあった。とくに大衆文学の作家たちの活躍は目覚ましく、たとえば吉川英治は『宮本武蔵』（1935〈昭和10〉〜1939〈昭和14〉）で国民的な人気を勝ち得たと言える。岡山のエンターテインメント文学では土師清二の小説は直接には戦争と関わりない時代小説であった。あるいは、木村毅の活動もそう言えるであろう。もちろん、そうは言っても、戦前昭和期の後半では小説を書いて発表するということ自体が困難な状況となってくるのである。

以下、戦前昭和期の岡山のエンターテインメント系の文学について見ていきたい。

木村毅《きむらき》　博覧強記の文学者

木村毅（1894〈明治27〉〜1979〈昭和54〉）は、勝南郡勝間田村（現・勝央町）に生まれ、早稲田大学英文科を卒業し、大正年間より戦前昭和そして戦後の昭和を通じて、旺盛な文筆活動を展開してきた文学者である。名前は「き」と読む。その執筆は評論、小説、随筆、翻訳などの多くのジャンルに亘り、亡くなった年に刊行された『私の文學回顧録』（青蛙房、1979〈昭和54〉・9）によれば、「いまの私の全著作は二百四十巻に達し」たようである。実に膨大な著作であり、その巨人ぶりが窺われるが、同じく文学の世界の巨人と言って良く、やはり膨大な著作を残した松本清張が、文学の世界に入っていく機縁を作ったのが、木村毅の著作『小説研究十六講』だったのである。

この本が恒文社から1980（昭和55）年に新装版として刊行されたとき、その初めに「新装版刊行にあたって」として「葉脈探究の人／——木村毅氏と私——」と題されたエッセイを、松本清張は寄稿している。そのエッセイで清張は、「『小説研究十六講』を買ったのは昭和二、三年ごろだったと思う。」として、自分が持っていたのは「十三版で、大正十四年十二月発行である。初版がその年の一月だから、一年間に十三版を重ねた当時のベストセラーだ」と語っている。それまでの清張《きよはる》青年は小説をよく読む方だったが、「漫然とした読み方であった」ようで、「この本に、私は眼を洗われた心地となり、それからは、小説の読み方が一変した。いうなれば分析的になった」と語っている。それが昭和2年のことなら清張は、川北電気小倉出張所に勤めていたときのことになる。清張は『小説研究十六講』によって文学の眼を大きく開いたのである。

後の、偉大なと言っていい文学者、松本清張が形成されるに関して、この本は実に大きな働きをしたわけである。そのことは、清張が作家となって早くから、彼自身も実感していたようで、１９５２（昭和27）年度下半期の芥川賞を受賞してから２年後に東京に転居した清張が、最初に訪れた文学者が木村毅であった。１９５４（昭和29）年のことであるが、清張は面識もなく、手紙のやり取りをしたこともないまま、木村毅の元を訪れたのである。清張はすでに芥川賞作家だったのであるが、芥川賞は今日と違って当時は一部の人にしか関心を持たれておらず、木村毅も目の前に座っている人物が芥川賞を受賞した人物であるということを知らなかったのである。

松本清張は、若いときに自分は『小説研究十六講』に感銘したことなどを木村毅に語ったようなのだが、木村毅の反応などについて、前掲の文章の中で清張は次のように語っている。「氏は、ああそう、と答える程度で、多くを云われず、ぶっきらぼうな調子だった。氏は、いきなり飛び込んできた男にとまどったようだった。いろいろ話してもらえるかと期待した訪問の結果がそんなことだったので、私はちょっと失望したものの、すぐに充実感をとり戻した。会いたかった人に会えたよろこびがあった」、と。しかし、木村毅も後になって『小説研究十六講』の新装版に松本清張に寄稿文を依頼し、また『私の文學回顧録』にもこのことを書いているのだから、『小説研究十六講』が清張に大きな影響を与えたということは、やはり自慢できる話だったわけである。
『小説研究十六講』は、「第一講　小説と現代生活」から始まって、西洋や東洋の小説の歴史、リアリズムとロマンティシズム、さらにプロットや視点などの小説技法上の問題や、叙事詩や戯曲との違い、文体と内容および形式の問題など、実に様々な観点から、小説というものを論じていて、なるほど松本清張が感心したのもわかる、興味深い内容となっている。しかし、ここではこの本よりも、１９３３（昭和８）年12月に刊行された『大衆文學十六講』（橘書店）について見ていこう。木村毅はエンターテインメント系の文学をどう捉えていたのだろうか。

　この本の中で木村毅は、「即ち菊池氏の言の如く、自ら娯しむのでなくて、人を歓ばせようと思へば、作家の取材は、必然的に道徳的にならざるを得ないのである」として、たとえば「トルストイの作の中で『復活』が一番大衆文学的なのは畢竟《ひっきょう》、それが一番道徳的だからである」と述べている。そして、その道徳について、「併し大衆に共感を呼び得る道徳は既成道徳でなくてはならない」と述べている。夏目漱石の『行人』も「大衆文学的な臭いがする」が、それは「コンベンションとしての道徳があるからである」と述べている。もちろん、『行人』は一般には大衆文学とは思われていないだろう。「それは手法が大衆文学的ではないからだ。／それは克明なリアリズムの手法である」からだ、ということになる。

さらに大衆文学の方法は、「一種高等なジヤアナリズムであると云へる」が、それは元から両者は「同質」のものだからだと述べている。たとえば、ヴィクトル・ユゴーの小説について、彼は「エキサイチング・モメントのみを拾」い、それについての詳しさは「異常面を拾つて大写《クローズ・アップ》しての細かさである」として、すなわちそれは「単なる報道ではなくて拡大化までするジヤアナリズムの方法である」と言えるからである。そして、近代日本の大衆文学を概括して、こう語っている、「明治以降の大衆文学の発達は、日本固有の講談的伝統と、西洋移入の伝奇小説、探偵小説、科学小説とが、或は対立し、或は混和し、或は扶助し合つて、その末が終に今日の興隆をなしたものである」、と。さらには、昭和2年に『大衆文學全集』が出たが、「こゝで大衆文芸は文學と変つた。この全集も白井氏の発案であつた」と述べている。つまり、大衆文学が「文学」として市民権を得たと語っているわけである。

因みに「白井氏」と言われているのは、あの代表的時代小説である『富士に立つ影』（1924〈大正13〉～1927〈昭和2〉）の作者、白井喬二《きょうじ》のことである。それでは、次に戦前昭和期における木村毅の大衆文学作品について、一、二見ておきたい。それは『旅順攻囲軍』（1934〈昭和9〉・5～1935〈昭和10〉）である。

物語には、日露戦争で激戦となった、二〇三高地の争奪をめぐっての、旅順での戦いが描かれている。その中で遼東の水産物と農産物の調査のために第三軍の陣中に現れた、あの地理学者の志賀重昂《しげたか》が登場したりもするが、ほとんどが勇敢な日本軍兵士の挺身的な戦いぶりである。しかし、そのことよりも、多くの兵を死なせてしまった乃木将軍の苦衷についての話の方に、読者の関心を向けようとしている叙述の方にむしろ重点がある。たとえばそれは、兵のことを思う乃木将軍の思い遣りの深さや、あるいは多くの兵を死なせてしまった乃木将軍の慚愧の思いが語られている。しかし部下たちの方も、乃木将軍のその心中を察しているから、「将軍が死所を求めておられるようだからよく注意せよ」と語ったとされている。ここには、部下を思う上司と上司を思う部下の、互いの思い遣りの深さが見られるわけである。また、「女気も全くスイッチの切れて了った世界では、男は聖者と子どもの中間の存在になるものだ。そこには何の欲気も、嫉妬も、排擠《はいせい》もなく。互に助け合うと言う事は、彼等の間では一番あたり前な事であつた」、というふうにも語られている。

この「助け合う」という精神は、味方同士だけでなく、敵味方の間にも有ったことが語られている。日本軍の上等兵が敵弾にはね飛ばされて昏倒すると、「二間とは離れぬ先に、露兵が負傷して倒れていた」のだが、「二人は、別にどちらから誘うと言う事もなく、自然に両方から這い寄」り、「互に肩を組み合って、立ち上がって見た」後、「「二人三脚」の格好で、そろそろと山を降りた」とされている。そして日本兵は「露兵」に煙草を与え、「露兵」は「チョコレートを出して呉れた」と語られている。敵味方を越えた心情の交歓である。また、日本軍兵士とロシア軍兵士とが交流する場面については、次のように語られている。「（略）血みどろな戦を何回か繰返している中に、「憎い、憎い」の怨讐《おんしゅう》を、いつの間にか超越した気持になって了った」、と。

　こうして見ると、これらの叙述には、先に見た、木村毅が主張していた「道徳的」な事柄が込められていると言えるだろう。それは、上下関係を超えた、かつ敵味方を超えた、互いを思いやる気持ちの大切さということであろう。そしてそれは、たしかに「既成道徳」と言える。この「既成」というのは保守的で古いという意味合いではなく、歴史の中で人間によって培われてきて、ほとんどの人が納得する価値観という意味合いと考えるべきであろう。尾崎秀樹《ほつき》は『大衆文学大系』（講談社、１９７２〈昭和47〉・５）の解説の中でこの作品について、「この作品が発表された当時は、国策的なムードがようやく支配的になろうとする時だっただけに、非戦的な感情を裏に秘めたこの連作は、良識ある者の心をとらえた」と語っている。相手を打ちのめすことよりも、互いに思い遣りの情を持つことの大切さを訴えることに、「非戦的な感情」が秘められていたと言えよう。

木村毅は、戦後においては戦前よりもさらに膨大な作品を残しているが、そのことは指摘するだけに留めて、本書ではむしろ彼が文壇に登場して活躍し始めた戦前昭和期の活動に焦点をあてることにした。また木村毅は、『私の文學回顧録』の中で、「また私は、尾崎秀樹君や、真鍋元之君のような若い世代から、日本で大衆文学を研究対象とし、それを歴史的理論的に学問として仕上げようとした先駆者のように書かれて、いささか面目を施した（略）」ということを述べているが、木村毅はまさにそういう存在なのである。もっと、一般に知られるべき人である。

土師清二《はじせいじ》 時代小説の達人

土師清二（1893〈明治26〉～1977〈昭和52〉）も戦前昭和期だけでなく戦後昭和期においても活躍した小説家であるが、彼の最も有名な代表作『砂絵呪縛《しばり》』の単行本としての刊行が、1928（昭和3）年4月なので戦前昭和期に登場してもらった。土師清二は岡山県邑久郡国府村（現・長船町）で生まれた。父が亡くなった後、母が行商などをしたが家計が逼迫し、土師清二は小学校高等科を一年（現在の小学校五年）で退学して、岡山市内の商店へ丁稚奉公に出たが、仕事のかたわら短歌に親しみ、奉公先の店主の好意で夜学に通いながら文学を勉強し、岡山の中国民報社に就職。在社三年の後、大阪時事新報、そして大阪朝日新聞に移った。処女作『水野十郎左衛門』を1925（大正14）年に上梓し、翌年から文筆に専念する。その最初の作品が「東京・大阪朝日新聞」に1927（昭和2）年6月から12月まで連載された『砂絵呪縛』である。

『砂絵呪縛』は以下のような話である。——五代将軍綱吉の治世に次代の継嗣問題をめぐって紀州綱紀《つなのり》を推す柳沢美濃守《やなぎさわみののかみ》たちの柳影組《りゅうえいぐみ》と、甲府綱豊《つなとよ》を推す間部詮房《まなべあきふさ》たちの天目党《てんもくとう》とが争う。両組織は大差は無いものの、どちらかと言えば天目党が善の立場で、柳影組の方が悪の立場と言うことができよう。この主筋に、贋金作の黒阿弥《くろあみ》とその娘の妖婦お酉《とり》、そしてそのお酉の肌に異常な執念を燃やす砂絵師藤兵衛《とうべえ》ら奇怪な人物が暗躍する話が絡み、また柳影組の剣士である森尾重四郎《じゅうしろう》が抗争に介入していき、さらに天目党の美剣士勝浦孫之丞《まごのじょう》と詮房の娘である露路《つゆじ》との口マンスもそこに加わってくる。――

これが阪妻プロで映画化されたとき、勝浦孫之丞を主役にして、その映画がヒットしたことで、この小説の魅力の中心が森尾重四郎にあることがはっきりしたとされている。森尾重四郎はニヒリスト剣士で一応は柳影組に加担しているが、実はどちらが勝ってても負けてもいいと思っている侍である。こう語られている、「実《じつ》をいえば、重四郎《じゅうしろう》は黒阿弥《くろあみ》がドウなろうと露路《つゆじ》がドウなろうと兄分《あにぶん》の勘蔵《かんぞう》が殺《ころ》されようと一切合財《いっさいがっさい》「ドウだっていい」のである。／時《とき》の拍子《ひょうし》で勘蔵《かんぞう》の弟分《おとうとぶん》になって了《しま》った重四郎《じゅうしろう》だ」、と。

ニヒリスト剣士の森尾重四郎は、『大菩薩峠』の机龍之介に連なる剣士であるが、しかしそのニヒリズムは机龍之介のような底無しのニヒリズムではない。そうではあるが、やはり森尾重四郎は丹下左膳や眠狂四郎さらには木枯紋次郎ら、後のニヒリスト剣士たちの系譜にも位置する剣士である。森尾重四郎について時代小説の評論家である縄田一男は『時代小説の楽しみ 別巻 時代小説・十二人のヒーロー』のエッセイ「第三のニヒリスト」で、インテリの失業問題が出て来たような昭和初頭のインテリの悲哀や虚無感と異なり、「重四郎の抱く虚無感とは、むしろ、そういうインテリたちの中にひそむ脆弱性を睥睨《へいげい》することによってなりたっているのではないか」と述べ、大佛《おおらぎ》次郎の『赤穂浪士』の堀田隼人とも林不忘《ふぼう》の『丹下左膳』の丹下左膳とも違う、「第三のニヒリスト」ではないかと述べている。

『砂絵呪縛』の魅力は、たしかにこの森尾重四郎の個性に支えられているところがあるが、砂絵師の藤兵衛のような、性的にも砂絵師としても異常で偏執的な人間や、純愛を貫く勝浦孫之丞と露路の二人や、優しさと人間味がある、しかしやはり妖婦であるお酉など、様々な個性的な人物が登場するところも大きな魅力であろう。

因みに、お酉は孫之丞に対して最初はさほどの想いはなかったのだが、露路が孫之丞を想っていることを知ってから、その想いが本当の恋にまで発展したというのは、フランスの文芸批評家ルネ・ジラールが語った、恋愛の三角形、すなわち恋は第三者であるライバルが登場することによって燃え上がる、あるいは火が点くという論を、まさに実践しているかのようである。

土師清二については、戦前昭和の文筆活動にも『砂絵呪縛』のように見るべきものがあったのであるが、ここではより活動の幅を拡げた戦後期における小説についても触れておきたい。

『お千代鑿《ちよのみ》』（1951〈昭和26〉・1）は、お千代という、女性で大工を職業とする娘が主人公の話。大工の修行に打ち込む職人の物語のように思われるが、物語は、お家再興を願う武士が登場し、最初、主人公のお千代はその武士に淡い想いを抱くが、武士は病のため死に、続いて登場した武士の大貫東次郎《おおぬきとうじろう》にはお千代ははっきりと恋心を抱く。しかし東次郎は、お藤の方という、これまで有為の武士を狂わせて自殺させた、「邪淫」と思われなくもない、美貌の女性にも心が傾いていた。お千代の恋心は結局、実を結ぶことなく、物語はいくつもの事件が起こって収束し、お千代は大工姿に戻る、という話である。読み物として面白く、時代小説に手慣れた作者の腕を感じさせる。また、1951（昭和26）年2月から8月に亘って「東京・大阪毎日新聞」に連載された『あばれ熨斗《のし》』の主筋は以下の通りである。——悪徳の与力、生田慶五郎《いくたけいごろう》とやはり悪徳の岡っ引き、風呂徳《ふろとく》との悪のコンビが、最後に仲間割れし、風呂徳は慶五郎に殺され、慶五郎は目付の取り調べの最中に、風呂徳との争いで棒で突かれた下腹部の痛手が原因で大熱を発して悶死するのである。それに対して言わば善側の人間でお梶（元・梶尾局《かじおのつぼね》）は寺西彌太郎（元・奥家老）の経の浄写の手伝いをし、もう一人のヒロインお彌重《やえ》は想っていた万吉と夫婦になり、役者の中村仲蔵《なかぞう》（妻のお岸はお彌重と友人）は芸が認められ、歌舞伎役者として成功の道を歩み始めた。——

『あばれ熨斗』は映画化されたが、このようにハッピーエンドで終わる物語である。

興味深いのは登場する岡っ引きが悪の側の人間であるという設定である。このことは史実に沿っていて、江戸時代の岡っ引きの多くは、元犯罪者でやくざ者が多かったとされている。元犯罪者であるから、その道の情報に詳しく、与力としては便利であったわけだが、司法組織の末端にいる岡っ引きは、庶民にとっては実に迷惑な存在であった。松本清張の時代小説に出てくる岡っ引きは、多くの場合、実に厭な存在として描かれている。

このことは「第一章　明治期」のところで触れたが、再び引用すると、夏目漱石も『吾輩は猫である』の中で、「吾輩」に「凡そ世の中で何が賤しい職業だと云《こ》つて探偵と高利貸程下等な職はないと思つて居る」と言わせて、探偵という職業を扱き下ろしている。これは明治の半ば過ぎまでは、探偵は庶民に迷惑な存在だった岡っ引きのイメージと重なる存在として捉えられていたからである。

1951（昭和26）年には1月に『ひなどり将軍』も刊行されている。これは、第十四代将軍を誰にすべきかという世継ぎ問題が話の主軸となっている物語である。以下のような内容である。――次の将軍候補は紀州慶福《よしとみ》と一橋慶喜《よしのぶ》であったが、彼ら自身としては将軍に成りたくなかった。とくに慶福は三人の小姓に、将軍に成りたくないこと、紀州の城主のままでいたいことを告げていた。そこで小姓の一人の格之助《かくのすけ》はその意を一橋慶喜に告げに行くことにする。しかし結局、慶福は第十四代将軍となる。そして、格之助はもはや藩に戻れぬ身となり、知り合った盗賊で且つ岡っ引きの島《しま》七とお静《しず》の兄妹のところに行く。――

以上が主筋であるが、もう一つの筋として、格之助は藩の家老の妾となっているお妻《つま》によって童貞を失ったが、そのお妻の兄が藩の追っ手であったため、兄を切ったのである。匿われた家で格之助はお静との間に恋愛感情を芽生《めば》えさせるが、お妻とのことがあったため、決定的なところまでは進まなかった。お妻は、嫉妬に狂った家老に痛い目にあわされ、それが原因で死ぬことになる、という話も展開されている。

この小説は、将軍の世継ぎという政治的な問題が、普通の武家の話とうまく接合され、恋愛の絡みもあって、また岡っ引きの生態もよく捉えられていて、総じて読ませる小説だと言える。

このように土師清二は、戦後も精力的に時代小説を書いていったが、その中で触れておかなければならないのは、渡辺崋山の伝記青春物語と言うべき『風雪の人』（1958〈昭和33〉・9）であろう。この物語の後半は、お幸との恋愛や、絵によって成長していこうとする崋山青年（登）の健やかな姿が描かれていて爽やかな青春小説となっている。また、父や母、弟たちとの家族愛の物語にもなっている一方、小さな藩ゆえの経済的な苦境も語られていて、読み手を惹きつける。

こうして見ると、土師清二は時代小説の分野で大きな足跡を残した作家だったことがわかる。もっと評価され、多くの人に読まれるべき小説家であると言えよう。

里村欣三《さとむらきんぞう》と棟田博《むねたひろし》　兵隊小説家

「文芸戦線」に短編小説を載せることから出発したことに端的に表れているように、里村欣三（1902〈明治35〉〜1945〈昭和20〉）はプロレタリア文学の出身であり、エンターテインメント作家とは言い難い。しかし、彼の『第二の人生』三部作は実に多くの読者を獲得した兵隊小説であって、そのことに眼を向けるとやはりここで論及せざるを得ないと思われる。

里村欣三は岡山県和気郡の寒河《そうご》に長男として生まれた。本名は前川二享《にきょう》である。関西中学を四年で退学した後、職工や電車従業員など職を転々として各地を放浪し、大正13年11月に東京の深川の木賃宿と貧民窟のルポルタージュ「富川町から」を「文芸戦線」に発表して注目される。この後、「文芸戦線」の中堅作家として活躍した後、1937（昭和12）年に勃発した日中戦争で、里村欣三は二年間の兵役に就いた。そのときの体験に基づいて、『第二の人生』を刊行した。それを読むと、里村欣三の転向は兵隊生活の中で徐々に行われたことがわかる。

転向というのは、大まかに言えば、1933（昭和8）年を境に、プロレタリア運動家がそれまでの左翼思想を捨てて、戦前の天皇制国家に〈従順に従います〉と宣言することである。最初の頃は左翼運動をしなければ転向と認められたが、やがて思想そのものを捨てなければ転向したとは認められなくなり、遂には心から天皇制に帰順することを誓わなければ転向とは認められなかった。もちろん、認めるかどうかは、特高警察官の判断次第ということになる。転向は多くの場合、刑務所での拷問で痛めつけられ、小林多喜二のように殺されるかも知れないという恐怖の中で起こったのである。

里村欣三の転向はそういう転向とは異なって、先にも述べたように兵役生活の中で段々と思想の向きを変えていったと言える。向きを変えるとはこの場合、左向きから真ん中さらに右方向へと向きを変えることである。里村欣三においては、それまでの自分の思想が観念的で浮ついたものでしかなかったという、それ自体としては正当な反省の要素もあったわけで、新しく自分の人生を始めようとする決意が語られている。まさに「第二の人生」を始めようと言うのである。たとえば、『第二の人生』主人公の並川兵六はこう語っている。「しかし僕たちが今まで、考へてゐたやうな、理想とか真理とかは、そんな高いところにあるのではなく、子供だとか、自分の身のまはりの生活の中に、本当の者があるんぢやないでせうか」と語っている。正当な反省の弁だと言えるが、しかし、「――さうだ、物を考へる習慣と物を考へさせる思想を、まず最初に捨てなければならない」と語り出すと、それは結局、状況に追随するだけの人間になることを良しとする考えで、言うまでもなく危険なあり方である。

さらには、「善悪の観念ではない。善悪を超越して、異変《ママ》に応じる強い精神である。戦地でこの精神を持ち得るものだけが、強い兵隊なのだ」と語られ出すと、善悪の判断を一切停止して単に上の命令を唯々《いい》諾々《だくだく》として受け入れ、大勢が強いてくる流れに流されるのを良しとする考え方である。もっとも、戦地ではそのように思わなければ、やっていけなかったのかも知れない。並川兵六が転向者であるために、やや過剰な思いが語られていると言えるが、しかし多くの兵隊たちはこのように語らなかっただけで、同様の思いを持って戦地にいたと思われる。

里村欣三はプロレタリア文学者時代には、まさに弱者に対して温かい眼差しを注ぐ文学者であったが、中国大陸においても中国の貧者達に注ぐ眼差しには温かいものがあったことは、里村欣三らしいと言える。

棟田博（1908〈明治41〉～1988〈昭和63〉）は、岡山県英田郡の伊藤家に生まれるが、後に津山市の棟田家の養子となる。棟田家は料亭を営み、芸妓の姿や三味線の音が絶えなかったという。津山中学を経て早稲田大学文学部国文科に入学するも、中退している。1929（昭和4）年に岡山歩兵連隊に入営し、幹部候補生の資格があったが、一兵卒として軍務に就いている。

1930（昭和5）年に満期除隊したが、日中戦争が勃発した1937（昭和12）年、29歳のときに上等兵として応召され、山東省に上陸し、歩兵分隊長として徐州会戦に参加している。このときの体験を記述したものが『分隊長の手記』であった。1938（昭和13）年5月、中国の台児荘の戦闘で重傷を負うが、岡山歩兵第十連隊はこのとき全滅寸前の苦戦を強いられた。この戦闘での体験が「続々分隊長の手記」の副題がある『台児荘』である。1939（昭和14）年に青島陸軍病院から内地還送となり、原隊の未教育補充兵の助教を勤めた後に除隊している。

　以上が戦前の棟田博の軍務経験を中心にした略歴であるが、戦中下の兵隊ものの小説は、やがては徐州会戦へと向かう分隊の話を、その分隊長の手記によって書かれたものという体裁になっている。語り手は、分隊長の「僕」であり、名は作家の実名そのままの「棟田博」となっていて、棟田博が小説中に登場している。この『分隊長の手記』は、わずか2ヶ月足らずの間に第三〇版が出るほどのベスト・セラーであった。序文には長谷川伸や土師清二などの大物大衆文芸作家が寄稿している。なお、原作は総ルビであるが、ルビは適宜付した。

　棟田博は「後記」で、この著作について「何も言ふことはありませぬ。これはこれでいいのだと堅く信じ、さう思ひ決めて居《を》ります」として、続けてこう述べている。

「それは、私のみた戦地と、その戦地にゐる私と、私の愛してやまぬ分隊の戦友達とを、ただ、有のまま、そのまま作文したからです」、と。この小説は１９４２（昭和17）年の野間文藝奨励賞を受賞している。

『分隊長の手記』では、兵隊たちがいかに「好人物《かうじんぶつ》」であるかが語られている。もちろん、多数の兵隊の中には、様々なタイプの人間がいたに違いない。癖のある男や箸にも棒にもかからない始末におえない人物もいたであろうということを語った後、分隊長はこう言う、「にもかかはらず、敵地の戦場で鉄兜《てつかぶと》を冠《かむ》り、苦労をしながら憔悴《やつ》れて汚れくさつてゐる兵隊は、どいつもこいつも悉く皆好人物ばかりであつた。雨が嫌ひで、子供が好きで、食べる事と眠る事を熱心に考へ、又感激が好きで、一寸《ちょっと》した事にもすぐに酷く胸をふさがれて眼頭を熱くする」、と。

むろん戦場では、「好人物」で押し通すわけにもいかない。だから、こうも語られている。「兵隊はつまり二刀流である。鬼の如き不動な凄じいものと共に処女の如き感傷と優しき平和を持つてゐるが、死生を出入りしながら常に朗《ほが》らかに戦場を駆けめぐる兵隊の本統の――いや真の姿である」、と。

他の箇所では、「凡《およ》そ荒《すさ》み切つたものとか殺伐なものとか」というふうにも言われ、前の引用の中では「鬼の如き」云々とも言われているが、要するに兵隊には非人間的な残虐性とも繋がる傾向があることの指摘であろう。それは、たとえばあの南京事件を引き起こしたものである。引用の箇所にも明らかなように、兵隊の持つそういう残虐性に作者は眼を向けないわけではないが、抽象的に触れているだけであった。それよりも兵隊の中にある「子供が好き」で「優し」い「好人物」の側面が、前面に出て描かれているのである。そのことがベストセラーになった大きな理由の一つであると考えられる。読者も、日本軍の兵隊は優しくて好人物であってもらいたいと思っていたのである。

他の箇所においても、好感の持てる兵隊たちの姿が、この小説には描かれている。たとえば、「しかし、兵隊は、苦しい行軍《かうぐん》をしてゐる時か、激しい弾丸《たま》の下か、それ以外の時はいつでも何か呑気に話し合って居り、又明るく笑つてゐるのだ。（略）どんな死にものぐるいの苦しみも辛さも、兵隊はすぐに忘れることが出来る」、と。そして、日本にいる妻君のことを「愛ほしくてたまらず、優しかつた処や、佳《い》い処ばかりが思ひ出されてならぬのである」とされて、そのように「兵隊たちはみんな思つてゐるのだ！」と語られている。また、兵隊たちの何よりの楽しみは、日本からの手紙であったということも、読者によく伝わるように述べられている。

このように兵隊の気持ちが伝わってくる叙述となっていて、戦場での兵隊たちの言わば生態がリアルに語られているところに、この小説の魅力がある。もちろん、定型的なナショナリズムや、あるいはナショナルな感情も語られているが、それらは作者の胸奥から自ずから湧き出たものというよりも、当時の思潮、時流に沿って作者の感情が誘導されて出て来たものと見る方がいいだろう。たとえば、次のような文である。すなわち、「それは何処《どこ》かに炬火《かがりび》の如く輝いてゐる「日本《につほん》」といふ何ものにもかへがたいわれわれの愛する大いなる説明の要《い》らぬものである」（傍点・原文）、と。こういうふうに強調されて用いられている「日本」という言葉のある文が数箇所出てくるのだが、これも兵隊の残虐性について触れた箇所と同様に、抽象的な叙述になっていて、たとえば当時喧伝されていた日本主義の風潮に沿っただけのもののように思われるが、どうであろうか。

『続・分隊長の手記』（１９３９〈昭和14〉・10～１９４０〈昭和15〉・６）も基本的には前作の『分隊長の手記』の内容と変わりはない。そこにはたとえば、「戦争とは歩かせること、寝させぬことか」とあり、日中戦争における行軍の厳しさが語られている。これは、やはり徐州戦へと向かう兵隊たちの行軍の様子を小説にした、火野葦平の『麦と兵隊』（１９３８〈昭和13〉・９）でも語られていることである。知られているように、『麦と兵隊』はすぐ後に歌謡曲になり、東海林太郎が歌ってヒットした。（なお、『続・分隊長の手記』からの引用は、『棟田博兵隊小説文庫2』に拠っているので、仮名遣いは現代仮名遣いとなっている。）

『続・分隊長の手記』でも兵隊の心情がリアルに描かれていると言えよう。次のようなことが語られている、「兵隊の心の中では、その、いつ死んでもかまわぬ、という思いと、いまは死にたくない、まだどこか死ぬところはある、という思いとはいつでも、はっきりと二つに、少しのもつれもなく整理し分類されているのだ」、と。興味深いのは、棟田分隊長と少年兵の坪井との関係である。これは、武士の世界に往々にして見られた、少々同性愛的な親愛の情で結ばれている関係と言えようか。それは保護する者と保護される者との関係でもある。

二人のこの関係や兵隊たちの顔ぶれも、『台児荘 続々分隊長の手記』（1942〈昭和17〉・11）においても変わらず、棟田分隊の面々が登場する。しかし、『台児荘（略）』ではそれまでの二作と異なって、分隊についての叙述の合間に、国際情勢とくに中国をめぐる欧米国の動向が語られたり、棟田分隊長の叙述以外に他の兵隊が語り手になって叙述が進行する箇所もあったりしている。もちろん、国際情勢などはこの小説の執筆時点における作者の知識からなされているわけで、行軍中の兵隊たちは棟田分隊長も含めて知らないはずのことである。

棟田分隊長と少年兵の坪井との関係では、新婚だったためにそう呼ばれている「花嫁コ一等兵」が、「横から坪井の顔をぽんと叩いた」後、「此奴はな、分隊長が居らんやうになつてから、誘惑されての、仁科の分隊の尾崎上等兵の恋人になりよつたんぢや、そいで、また尾崎のオタンコ茄子が甘い奴ぢやけん、なやかや、坪井に持つて来てやりよるんぢや、なつちや居らん、分隊長が戻つて来たら一つ、叱言して貰はうと思つとつたところぢや」と語っているのである。棟田分隊長と坪井少年兵との関係は分隊全員の公認の仲だったのである。

戦闘があった後、坪井が生死不明となり、しかし生きていたことがわかったとき、棟田は涙が出て何も言えず、「この時の、気持は、どうしても書きつくせさうにもありません」と語っている。棟田は本心から坪井を大切に思っていたのである。この小説の初めには分隊の面々は変わらず登場したのであるが、一人二人と分隊の中から死者が出てくるのである。戦争が厳しく不利な状況となっていったことが、それによってわかる。また、これまでの2作では無かった伏せ字の箇所が、それも一ページ全体に亘《わた》って伏せ字になっている箇所などが出てくるのも、『台兒荘（略）』に見られる特徴である。この本が刊行された１９４２（昭和17）年の終わりと言えば、米英との戦争も厳しい状況になっていった時期であるが、それに伴って統制がより厳しくなっていったためと考えられる。

『台兒荘（略）』における最後の戦闘の場面について、それは「友軍の増援」の来るのを待っていた夜までのことを話したいが、ここで「一先づ「分隊長の手記」完編にもあたる―台兒荘―を終わります。」として、結ばれているのである。なお、棟田博には戦後においても、映画化もされた傑作の兵隊ものの『拝啓 天皇陛下様』があり、また美作を舞台にした小説でテレビドラマ化された『美作ノ国吉井川』があるが、これらは戦後昭和期のところで扱いたい。

石川達三《いしかわたつぞう》 旧制関西中学時代

この章の最後に登場してもらうのは、戦後に多くの読者を獲得した作家で、日教組は保守的な政治家たちが言うようなイデオロギッシュな組織ではなく、生徒への教育を真摯に考える団体なのだということを、長編小説の『人間の壁』（１９５８〈昭和33〉・５～１９５９〈昭和34〉・７）で描いた石川達三（１９０５〈明治38〉～１９８５〈昭和60〉）である。**石川達三**は1905（明治38）年に秋田県で生まれ、岡山県高梁町や東京の叔父のところで育てられたりしたが、1919（大正8）年に父が教頭として岡山県立高梁中学に赴任したのに伴って同校に入学するが、三年のとき、父が関西中学に転勤したので、石川達三も関西中学に転校する。以後、卒業するまで同校の生徒であった。短編の「恩給先生と不良学生」（1939〈昭和14〉・8）はそのときの体験に基づいた小説である。

物語は以下のような内容である。――英語教師をしていた父が県立中学から「K中学」に迎えられたため、「私」も「K中学」に転校することになった。父はすでに恩給年限を勤めていたので、恩給と月給との両方を受け取るために「K中学」に移ったのである。「K中学」の先生たちの殆どは、父のような「恩給とりの老朽教師によって占められていた」。この中学は「この地方で有名な不良学生の巣窟で、他の学校を落第したり退校されたりした生徒は、みなここへ集まって来た」のだが、一つには校長が「不良の教育こそ真の教育だ」という信念を持っていたからで、「私」も学校の空気に染まっていく。

卒業間近に或る事件が起こる。それは「私」が教室の壁の高いところに記念の気持もあって落書きをしたのだが、それを見た教師がその落書きの内容を校長に伝えたのである。落書きには、「かくの如き不備なる学校に於て、不完全なる教育を受け」云々と書いたのである。これ知った校長は、不満なら退学届を出せ、と言う。そして、「校長は私の詫びを頑としてはねつけた」。結局は退校ということにならずに済んだのだが、校長はこう語った。「舌禍または言禍とも言うが、……筆の立つ者には筆禍ということが有り勝ちだ。お前は日ごろから筆の立つ方だから、そこを気をつけなくてはいかん」、と。「その後私は文筆にたずさわって、一度ならず筆禍をこうむり、（略）そういう事件のたびごとに」、あの校長の言葉を思い出す。――

石川達三の「筆禍」の一つは、「中央公論」（1938〈昭和13〉・3）に発表された『生きてゐる兵隊』によって禁固四ヶ月執行猶予三年の判決を受けた事件である。戦争の残虐性を露骨に書いたとされ、そこに厭戦的もしくは反戦的な傾向があるとされたわけである。その事件を中学生時代の体験に結びつけた小説であった。

第四章　戦後昭和期

　1945（昭和20）年の8月15日の敗戦の日を迎えるまでに、岡山に疎開した文学者たちがいた。たとえば、谷崎潤一郎は昭和20年5月に松子夫人の縁があって、津山市に疎開し、7月には真庭郡勝山町の旅館に間借りして移り住んだ。また、谷崎潤一郎の先輩格にあたる永井荷風は東京を焼き出されて、同年6月に明石を経て岡山市の弓之町の旅館「松月」に落ち着いたが、6月29日の岡山空襲に遭い、三門で間借り生活をすることになった。荷風は、敗戦直前の8月13日に勝山の潤一郎に会って久闊を叙すということがあった。そして8月15日を迎えたのだが、彼らは敗戦の報に気落ちすることなく、むしろ逆に喜んだようなのである。それは日本国家が負けたことに対してではなく、日本の軍部と軍国主義が負けたことが嬉しかったのである。

　彼らは、言わばノン・ポリティカルな文学者であったが、決して軍国主義勢力に迎合することなく、それへの批判の姿勢を堅持していた。とりわけ荷風には反軍精神があった。そのことは、荷風の日記である『断腸亭日乗』を読むとよくわかる。因みに反軍精神と言えば、岡山市の古京町で生まれ育った内田百閒もそうである。

彼は、戦時中に陸軍の肝いりで作られた日本文学報国会に入会することを肯んじ得なかったのである。これは勇気のいることである。彼もノン・ポリティカルなタイプの文学者であったが、昭和初期のプロレタリア文学者の中には、転向した後に軍国主義のお先棒を担いだ人たちがいたことを考えると、政治に対してのその人の姿勢の根本というのは、覚え込んだ知識や思想の有無には関わらないのでは、とも思われてくる。

なお、この章で取り上げる吉行淳之介も内田百閒の側の文学者である。1941（昭和16）年12月8日の真珠湾攻撃のときには、吉行淳之介はまだ旧制中学生であったが、その日に校内放送で真珠湾攻撃の大本営発表が流れたとき、クラスのほとんどが運動場へ出て万歳三唱をあげたのだが、彼一人教室に残っていたようである。そのときのことを後になって回想し、1956（昭和31）年4月に「東京新聞」夕刊の「戦中少数派の発言」で、「そのときの孤独の気持と、同時に孤塁を護るといった自負の気持を、私はどうしても忘れることはできない。／戦後十年経っても、そのときの気持は私の心の底に堅い芯を残して、消えない」と語っている。軟派だと思われていた吉行淳之介の反骨精神である。吉行淳之介は内田百閒を慕っていたようである。

日本の軍国主義に対して反発する気持ちを持っていたのは、柴田錬三郎もその一人である。詳しくは柴田錬三郎のところで述べたいが、彼も反骨精神のある文学者であった。

岡山に疎開してきた文学者で後年有名になった一人が、名探偵・金田一耕助のシリーズで戦後の推理小説史上に大きな足跡を残した横溝正史である。横溝正史は岡山での疎開体験がなければ、1970（昭和45）年代に現れた横溝正史ブームを引き起こした作品群は生まれなかったであろう。また、テレビドラマ化された多くの警察、任侠ものを書いた藤原審爾も、疎開してきた一人である。彼が戦後にデビューしたのは、岡山の奥津を舞台にした恋愛小説によってであった。

さらには戦後昭和期では、岡山出身で戦前から活躍していて、戦後にもその延長上で活躍した棟田博のような作家もいる。まず、棟田博の作品から見ていこう。

棟田博　戦後の兵隊ものと郷里を舞台にした小説

『拝啓天皇陛下様』は、渥美清主演で映画会社の松竹から映画化もされた小説で、内容は以下の通りである。

――1931（昭和6）年1月岡山の歩兵第一〇連隊に入隊した語り手の「私」（棟田博）は、同じ連隊に配属された山田正助と出会う。「私」は、自分ではものの考え方に「赤がかった」ところがあると思っていたが、「現在の私は「赤」とは無縁である」とされていて、「小説家志望などという「無分別」を起して郷里を捨て」た人物として自己紹介している。

山田は、三度の飯が食え風呂にも入れる軍隊はまるで天国だと言う。実は、それほど娑婆での生活が山田には辛かったのである。二人はシゴキに遭い、二年兵が除隊するときに復讐しようと山田は思うのであるが、山田は二年兵のその男に籠絡され、気持が揺らぐという人の良さがあった。読み書きができなかった山田は、中隊長から代用教員の経験のある初年兵に字を教わるよう言われ、何とか読み書きができるようになる。この中隊長は、山田の除隊後の就職の世話もしてくれたのである。

1932（昭和7）年の天覧の秋季大演習のとき、山田は天皇の顔を見て親しみを覚える。1937（昭和12）年に南京が陥落して仲間達は喜ぶが、帰るところの無い山田は、自分だけは軍隊に残してもらおうと、「ハイケイ天ノウヘイカサマ……」と手紙を書き始めるが、それは不敬罪に当たると「私」に取り上げられる。小説の題名はこのエピソードから来るものである。

「私」は徐州会戦で重傷を負うが、自らの体験を「分隊長の手記」として出版し、人気作家となり、「私」は従軍作家となって中国に渡り、また山田も招集されて中国で終戦を迎える。戦後になって、山田は子持ちの未亡人に失恋するものの、別の未亡人と結婚する話が進むが、ある冬の朝、山田がトラックにはねられて死亡したという記事が出る。——

映画では喜劇となっていたようだが、原作は喜劇とは言い難い。たしかに山田には滑稽感があるのだが、その怪力や傍若無人な振る舞いに眼を向けると、一種のピカレスク・ロマン(悪漢小説)のようにも見えてくる。その山田の純情さにも読者は惹《ひ》かれるだろう。インテリの「私」とのコンビも、男の友情を感じさせて、いい物語となっている。

この小説が戦後の作品であることを感じさせるのは、たとえば次のような場面である。天覧の演習のとき、山田正助は天皇に「鍾馗のごとき、威厳と畏怖を兼備した容貌を」求めていたのだが、「彼の期待は甚だしく裏切られた。完全に天皇陛下は失格だった」。しかし、失望しなかったのである。「失望のかわりに、彼は天皇に対して、親近感に似た感情を抱懐するに至った」とされ、次のように続けられている。「人であるが神でもある……という、まことに理解に苦しむところのものが、明らかに人間そのものであって、しかも、どこやらの誰かに似ている三十男だったことは、正助と天皇陛下との距離を著しく近縮したのである」、と。

この叙述は、いわゆる「人間宣言」をして自ら神格化を否定した戦後の昭和天皇のあり方を、そしてそのように国民に受け入れられた昭和天皇を表していると言えよう。戦前にこういう叙述があったら、言うまでも無く不敬罪となったであろう。『拝啓天皇陛下様』は、戦後の天皇イメージを戦前に当てはめた小説であり、そこにこの小説の戦後作品らしさがあったと言えよう。

さて、棟田博は連続テレビドラマとなった小説で、幕府瓦解直後の津山藩が舞台の小説『美作ノ国 吉井川』も書いている。この小説は以下の様な物語である。

——村田弥兵衛と妻のすまは、孫娘の里《り》んとその弟の捨吉と住んでいる。捨吉は捨て子だったのを弥兵衛夫妻が里んの弟として育てたのである。里んの母親は産後の肥立ちが悪く亡くなり、父の新之助は商家の後家と通じて家を出奔したのであった。物語は、祖父の弥兵衛が髷を落とすことにし、その髷を津山城に埋めることにしたのだが、里んが指定した埋め場所から千両箱が発見されたのである。ここから物語が動き始める。

この千両箱で窮乏している旧武士たちを救うべきだとする意見と、旧藩主に返すべきだとする弥兵衛たちの意見とが対立したが、結局、返すことになり、それを運んでいる道中に、旧武士たちの救済に使うべきだとする武士が現れる。弥兵衛は道中仲間から渡されたピストルを構えただけなのに、ピストルは暴発してその武士を射殺してしまう。弥兵衛はその場から逃亡することになり、物語の最後になって姿を現す。

以後、物語は里んの成長の話となり、彼女の恋についての話題などが語られながら、吉井川での船の運航の仕事をしている里んの祖母の兄たちの高瀬舟と、新しく出て来た汽車を敷設しようとする話との争いに移り、結局は鉄道ができることになり、高瀬舟は衰退していく。里んはそうはさせまいと頑張るものの、実は割と早くに負けを認めていたのであった。そして、最後に大阪にいた、瀕死の祖父・弥兵衛に会いに行き、祖父の最後を見取るのであった。――

この小説は、近代化していく明治の日本社会が津山という町を舞台に語られている。作者の眼差しには、その近代化に負けていく側に対しての温かい哀惜の思いがあることは言うまでもないが、里んに見られるように、やはり新しい力には勝てないことを認めざるを得ないということを語ったものと言えよう。だから作者は、その両方の思いを持って、近代化の波の中にあった郷里の姿を、むしろ負けていった高瀬舟の人々の側の視点から描いたのである。津山の人たちに読まれるべき小説であろう。

藤原審爾《ふじわらしんじ》　清冽な恋愛小説から警察、任侠ものへ

戦後に登場した小説家としては、岡山県の苫田郡奥津町を舞台にした小説『秋津温泉』でデビューした藤原審爾をまず取り上げ、その『秋津温泉』について見ていきたい。

藤原審爾（1921〈大正10〉～1984〈昭和59〉）は、東京で生まれたが、幼児から岡山県和気郡東片上（現・備前市）で祖母に育てられて、閑谷中学を経て青山学院高商部に入ったが、在学中に肺結核で倒れて同校を中退した。各地で療養生活をしたが、戦争末期に岡山市に疎開する。藤原審爾のデビュー作である『秋津温泉』は、彼の十代から二十代にかけての体験が背景となっている。

複雑な家庭に生まれて祖母に育てられ、その祖母とも16歳で死別し、その後は一

人で生活するという生い立ちと、青山学院在学中に肺結核を患ったという体験とが、藤原審爾の小説、とくに私生活的な材料をもとにした小説を生む母胎となっている。この二つの生活体験の内、前者は川端康成を、後者はたとえば堀辰雄を連想させるが、『秋津温泉』には、その川端的な要素と堀的な要素とが含まれていると言える。『秋津温泉』は、初出が1947（昭和22）年12月号の「人間別冊号」で、単行本としては1948〈昭和23〉年9月に講談社より刊行された。物語の舞台は、岡山県苫田郡の奥津町がモデルとなっている。梗概は以下の通りである。

——幼くして両親を失い、今は伯母に引き取られている「私」は、中学（旧制）の休暇のときには伯母とともに山峡にある秋津の湯宿に逗留していた。その湯宿の滞在客の中に、カリエスを患った直子という少女がいた。「私」は直子に思慕を寄せるが、人手を渡りながら気弱く育った「私」は、気性の激しい直子と自分とでは、追いつき難い隔たりがあると思い、自分の気持ちを抑える。そのため直子からの求愛の仕草も、その意味を摑むことができないまま、二人の淡い恋は終わった。

東京の学校に進学した「私」が、3年ぶりに湯宿を訪れると、湯宿では女主人が亡くなった後、その娘の新子が新たな女将として旅館を切り盛りしていた。その年の冬、肺尖カタルになった私は療養のため再び新子の湯宿に滞在し、新子から私への想いを示されるが、「私」はそれに応えることができないまま、秋津を去った。

戦争中に「私」は、伯母があずかっていた身寄りの無い娘と結婚し、一人娘をもうけた。「私」は戦後になって秋津に行き、5年ぶりに新子と再会するが、戦争にめげずに大人の女としての美しさを増した新子は、「私」に熱い情念をぶつけてきた。「私」もそれに吸い込まれそうになり、彼女の想いに応えようとするが、心は虚しくなり、新子の情愛に溶け込んでゆけない自分を感じるのである。

新子と別れてから小説家となった「私」は、新子が婚約したことを新子からの手紙で知らされ、婚約を祝福しようと秋津に向かうが、その途中、婚約者の青年の逞しい姿を見て、憎悪のこもった興奮にとりつかれる。湯宿で、義経の死を聞いて自刃する静御前の話をする新子の、「私」への哀切な想いに包まれて、「私」は新子の裸身を抱く。――

やや詳しく梗概を述べたが、堀的要素と川端的要素というのは、たとえば二人の女性に表されているだろう。お嬢さん育ちの直子は堀文学の女性を思わせ、旅館の女主人である新子の健気さと官能性は、川端康成の『雪国』のヒロイン駒子に通じるものがあるだろう。物語を包んでいると言える主人公の「私」の想念ということでは、より川端康成的と言えようか。物語の中で「私」は、「「時間」の鞭に追いたてられ生涯を送らなければならぬ人間が、あわれにはかなく思われ、力のない涙があふれてならなかった。」という感慨をたびたびもらす。人生は「所詮五十年」であり、「無限の時間の中では、烈しいだけ虚しく見える努力」を人はするだけだ、とも語る。生は虚しい、しかし、それ故にこそ、愛がひととき妖しく燃えるのである。

それについて、物語の中では次のように語られている。「お新さんの燃えしきっている情愛に、すべてをかけて、それだけへ火になっている私へ、ひしひしと、深く澄んだ秋津の気配の不思議な冷たさが迫り、数知れぬ人々の不幸を血肉として不思議に冷たく澄んだ、その秋津の気配が私を次第とむげに虚しくして行った。秋津の気配の底から、また新しい一人深い虚しさがやってくるのであった」、と。そして続けて、「巨大な朝霧のように次第と深く、私を包んでくるその虚しさは、ただに火のような時間の中で寿命を焼き尽くすことだけにはげむ私の、人間の外で私たちのいかなる努力にもかかわらずゆるぎなく在るのであった」。

「私」は、「お新さん」の「情愛」に「すべてをかけて、それだけへ火になっている」

のだが、しかし、「私」は「秋津の気配の底から」「深い虚しさ」を感じてしまうのである。たしかに作品の主題は、主人公の虚無的な眼を通して語られる、生と死そして愛であるが、そこには堀辰雄のような分析的な心理描写はなく、また川端康成に見られるような生に対しての酷薄な認識というものはない。手法は私小説的なところもあり、主人公の虚無も抒情にくるまれている。

しかし、単に甘く感傷的な小説に終わっていないのは、一つには山峡の澄んだ静寂な自然についての描写が作中の随所に織り込まれているからであろう。「無限の時間」を持つその自然が、作中の人物たちの生の「虚しさ」と響きあっていて、抒情を湛えた小説として成功している。さらに言うならば、観念過剰気味の戦後派文学が注目を集めていた当時において、その澄明なリリシズムは引き立っていたと言えよう。

藤原審爾は、〈小説の名人〉と讃えられた小説家であり、1952〈昭和27〉年5月号の「オール読物」に発表した「罪なき女」で第27回直木賞を受賞した。藤原審爾は実に多種多様なジャンルにまたがって、多くの水準以上の作品を発表した作家で、たとえば、任侠ものでは『総長への道』〈連載初出は「週刊大衆」、1970〈昭和45〉～1971〈昭和46〉、角川文庫版は1980〈昭和55〉〉がある。任侠とは本来、〈弱きを助け強きをくじくこと、また、その人〉を意味する言葉であり、男伊達《おとこだて》とも言われる。したがって任侠の徒とはそういう人物であるはずであるが、しかし任侠を気取っている人たちは、実際にはそれとは逆の存在になっている。弱きをいじめて強きに媚びへつらっている。『総長への道』はそうであってはならないという、作者の思いが込められた長編小説である。

他方で藤原審爾には、1975年に双葉社から刊行され、後にテレビドラマ化された正・続の『新宿警察』というシリーズものもある。

これらはサスペンス的であったり、ハードボイルドタッチであったりして、『秋津温泉』の世界と較べると、藤原審爾は随分と遠い所まで来たという思いを持ってしまうだろうが、しかし藤原審爾の文学の原点は、やはり『秋津温泉』の抒情と虚無の世界にあると言える。言うまでもないが、「秋津温泉」は奥津温泉がモデルとなっている。

柴田錬三郎《しばたれんざぶろう》　虚無と温かさを持った剣士・眠狂四郎《ねむりきょうしろう》

柴田錬三郎（1917〈大正6〉～1978〈昭和53〉）は、備前市の裕福な家の生まれで岡山県第二中学校（現・操山高校）を卒業後、慶應義塾大学医学部予科に入学するが、大学の本科では支那文学科に進級し、卒業論文は「魯迅論」で、これは後に「三田文学」に連載された。

柴田錬三郎の人生の中で特筆される出来事は、1944(昭和19)年に二度目の召集を受けて、南方上陸部隊の一員として乗った輸送船が敵の潜水艦の魚雷で沈没して海に投げ出されたことである。場所は台湾とフィリピンのルソン島の間のバシー海峡である。数時間、海の上を漂流した後、味方の駆逐艦に掬い上げられて、九死に一生を得る体験をしたのである。柴田錬三郎はこの体験時に思ったことについて、「つまり、たった一言の表現で足りるのである。/「ただ、茫然と海上に浮いていた」/これだけなのだ」(『地べたから物申す—眠堂醒話』)、と語っている。

おそらく、そうとしか表現できないのであろう。逆に言えば、それは通常の言葉では表現できないような体験だったとも言える。あるいは、数万語を費やして、ようやくその近似値のところを言い表すことができる、というような体験だったのであろう。しかし、それを敢えて言い表すならば、このとき柴田錬三郎は言わば何かを見たのであろう。その何かとは、人が生きて死ぬ理由かも知れないし、それともその理由なるものが実は無いのだということを見たのかも知れない。さらには、この世の果ての光景を垣間見たとも言えようか。ともかく、柴田錬三郎はこのときの体験によって、これまであった或る認識の枠を超えたのである。それはニヒリズムかと言えば、そうとも言えるし、しかしイズムとして表されるには生々しい実感であったであろうと考えられる。言わば感覚としてのニヒルというふうに言えるかも知れない。

このようなことを述べたのは、柴田錬三郎の代表作と言える、『眠狂四郎』シリーズの主人公である眠狂四郎の人物造形は、このバシー海峡での体験から生まれたと考えられるからである。眠狂四郎の虚無も、実は思想的なものではなく、生得的な感覚としての虚無感であるが、それは柴田錬三郎がバシー海峡で実感したものに通じているだろう。

柴田錬三郎は、戦前から短編小説を書き始め、戦後でも同様に短編を数多く書き、あるいは喜劇的な要素もあり、実は日本国家批判にもなっているという長編小説『図々しい奴』(「週刊明星」、1960〈昭和35〉・1～1961〈昭和36〉・6)なども書いている。さらに、戦前昭和期に人気を呼んだ吉川英治版『宮本武蔵』に対する反措定《アンチテーゼ》を意図して書かれたと考えられる、やはり宮本武蔵を主人公にした『決闘者宮本武蔵』(「週刊現代」、1970〈昭和45〉・1～1973〈昭和48〉・3)を書いている。

吉川版『宮本武蔵』は実在の武蔵像からは遠く、柳生新陰流的な武蔵像と言えるのだが、これには、人殺しの具である剣を「活人」のための剣であると言ったり、修行すなわち〈殺人の練習〉をすることが悟りに繋がると言ったりする欺瞞があり、柴田錬三郎はそれを最も嫌ったと思われる。そしてそのような吉川版武蔵像は、戦中の軍国主義の馬鹿げた精神修養主義と、たしかに結びついていたのである。それは、単なるシゴキを訓練と言い、イジメを教育と言い、敬えない上官を兄、父と思えと言い、死ぬことを喜べと言った旧日本軍を、柴田錬三郎に連想させるようなものであったろう。それに対する反措定としての柴錬版の宮本武蔵像を提示したのが、長編小説『決闘者 宮本武蔵』であった。もっとも、この柴錬版宮本武蔵像が説得力ある成功したものとなっているかどうかについては、様々な見解があるであろう。

柴田錬三郎は、中国文学の素養を生かして「柴錬三国志」と銘打たれた『英雄生きるべきか死すべきか』(「週刊小説」、1974〈昭和49〉・5～1976〈昭和51〉・9)などの言わば三国志もののほか、島原の乱の天草四郎時貞は実は女性であって、その女性は大坂夏の陣の以後、薩摩に身を隠した豊臣秀頼の娘であった、という奇想天外な歴史物語も書いている。さらには、1967(昭和42)年5月から1968(昭和43）年9月まで「報知新聞」に連載された『柴錬捕物帖 岡っ引どぶ』という時代物のミステリーも書いているのである。このように柴田錬三郎は、多様な小説世界を展開してきたが、その中で最も有名なヒーローは眠狂四郎であるから、その眠狂四郎について見ていきたい。

多くの週刊誌が創刊された昭和30年代に、「週刊新潮」も1956（昭和31）年に創刊されたが、その第三号から毎回読み切りの連作短編小説として連載されたのが、『眠狂四郎無頼控』である。これは、実に多くの読者の心を摑んだ人気小説であった。「無頼控《ぶらいひかえ》」シリーズは続編として『眠狂四郎無頼控続三十話』が1959（昭和34）年に連載され、このシリーズは正続合わせると130話であった。それ以後も読者の期待に応えて1961（昭和36）年に『眠狂四郎独歩行』が連載された。

『眠狂四郎』は市川雷蔵が主演で映画化され、また田村正和主演でテレビドラマ化もされた。それだけ人気があったということであるが、まず眠狂四郎の出自と経歴を紹介すると以下のようになる。

――彼の母は江戸幕府の大目付松平主水正《もんどのしょう》の娘で、父は転び伴天連《ばてれん》のオランダ人医師であった。オランダ人医師は自分を背教の徒にした松平主水正を恨み、その娘の千津を犯す。その結果生まれたのが眠狂四郎であった。つまり眠狂四郎は西洋人との混血児であり、その容貌は「異端の貌《かお》」であった。父の主水正との縁を切られた千津は、わが子狂四郎と二人で暮らすが、狂四郎15歳のときに病死する。母を一人で埋葬した狂四郎は、それ以後も亡き母への思いを懐《いだ》き続ける。彼は20歳のときに長崎に行き、自分の出生の秘密を知り、船旅での帰途、嵐で船が難破し、瀬戸内海の孤島に泳ぎ着く。眠狂四郎は、その孤島で齢《よわい》70歳を越えた老剣客に会い、老剣客の教えによって滞在わずか一年余で剣法の奥義を習得し、必殺の技、円月殺法《えんげつさっぽう》を完成させるに至った。以後、眠狂四郎は老中水野忠邦《ただくに》の側頭役武部仙十郎と繋がりを持ち、無頼の浪人者でありながら、水野忠邦側の剣士として活躍する。――

文芸評論家などが、眠狂四郎を「完全なるアウト・ロウ」のように語り、一般にもそのようなイメージがあると思われるが、眠狂四郎が後に天保の改革を行った水野忠邦側の剣士であったことを見ても、アウト・ロウでなかったことがわかる。また、眠狂四郎は誰からも愛されず、だれをも愛さず、悪にさえ加担し、平然と女を犯す、と語られることが多いが、それは誤解である。小説にはそのようには語られていない。

まず、眠狂四郎は優しい男であったこと、それは子どもに対するときによく表れている。たとえば、「この眠狂四郎も、人間らしい感動をおぼえるのは、子供たちが無心に遊んでいる姿を見かける時だけである」（「第十五話 恋ぐるま」）と語られている。また、自分と同じ混血の遺児を、狂四郎は自らの子ども（養子）として育てる。実際にはまだ元気だったころの妻の美保代が育てるのだが、このように彼は優しさのある男なのである。また、剣を抜くときも、「わたしという男は、対手が悪党でない限り、自ら進んで刀を抜いたことは一度もない」（「第五十七話　おろか妻」）と狂四郎自身が語っているように、それは正義の剣なのである。眠狂四郎は正義派なのである。

さらに言えば、眠狂四郎はあの大塩平八郎とは互いに人物を認め合う友人同士であり、義賊の鼠小僧次郎吉からは慕われていて、次郎吉とは一種の主従の関係のようでもあった。また、『眠狂四郎独歩行』ではこうも語られている。「狂四郎は遊び人とか博奕打ちとか地廻りとかのたぐいが最もきらいであった」（「第三十五話　因果店」）、と。狂四郎の虚無についても、それは徹底したニヒリズムというものではない。『眠狂四郎無頼控』の「第十八話　嵐と宿敵」で、狂四郎は母の墓参りをした後、雷鳴と豪雨にさらされたのだが、それらが「狂四郎の五体にふしぎな強烈な刺激を与え」、「——おれは生きている！」と彼は思うのである。こういうニヒリストはいないであろう。もちろん、ニーチェの想定したツァラトゥストラのような能動的ニヒリストならば、あり得るであろうが、この場合はそういう問題とは無縁である。

こうしてみると、眠狂四郎は多くの人たちに思われていたイメージとは異なった人物であったと言える。そのイメージは、彼のニヒルな外観から作られたものであろう。文芸評論家もそれに幻惑されていたのである。ただ、彼のニヒルは、その外観だけでなく、たしかに心の内にそれがあることは間違いないと言える。彼の心に虚無の風が吹け抜けることが、しばしばあったことは、たしかであろう。

その虚無は、多分に彼の生い立ちから来るものであったと言える。まず混血児の容貌は彼に生き難さを感じさせたであろうし、二人暮らしの母を少年時に亡くして孤独のまま大人になったのである。そういう青年が人生に希望を持つのは難しいだろうし、疎外感もあったと思われる。彼は自分の人生や世の中に対して、心理的に距離を取って冷めた姿勢で生きていこうとしたであろう。その冷めた姿勢が狂四郎の虚無である。望みを持つことを予め断念するところから生きていく人生を選ぶであろうし、それは心理的な防衛反応とも言える。希望が叶えられないなら、初めからどんな物事に対しても執着しないのである。

ここで注意したいのは、その虚無的感覚から来る無執着のあり方が、彼の剣法を上達させる上で有効であったことである。よく知られているように、彼の必殺剣法は円月殺法であるが、それは無執着を象徴するような技である。トンボの前で指をクルクルと回すとトンボが眼を回すという話から、柴田錬三郎がヒントを得たという円月殺法は次のように語られている。少し長い引用だが、円月殺法を脳裏に描いてもらいたい。

「刀尖《とうせん》は、爪先より、三尺前の地面を差した。そしてそれは、徐々に、大きく、左から、円を描きはじめた。男の眦《まなじり》が避けんばかりに瞠《みひら》いた双眸は、まわる刀尖を追うにつれて、奇怪なことに、闘志の色を沈ませて、憑かれたように虚脱の色を滲《にじ》ませた。／刀身を上段に――半月のかたちにまでまわした刹那、狂四郎の五体が、跳躍した。／男のからだは、血煙りをたてて、のけぞった。／狂四郎の剣が、完全な円を描き終るまで、能くふみこたえる敵は、いまだ曾て、なかったのである。（「第一話 雛の首」）

円月殺法はあり得ないような剣法の業のように思われるが、意外に日本剣法の極意を踏まえている。柳生新陰流の柳生宗矩《むねのり》は、『兵法家伝書』で、「何事も心の一すじにと〻まりたるを病とする也」、「病気と云ふは、着也《ちゃく》」、「心が一所にと〻まりたらば、兵法にまくべき也」として、「心がてんずる」ことが大切であり、柳生宗矩はその状態のことを「自由自在をする也」と述べている。柳生宗矩はここで主に剣士の心構えのことを語っているのだが、心も刀も「着」することのない状態を良しとしているのである。また、大森曹玄は、無刀流の創始者である山岡鉄舟の著作『剣法真偽弁』に触れた『増補版　剣と禅』で、正眼に構えるような「構え太刀」ではなく、「一切の構えを解脱したまろばし（転）」の「円転自在」なありかたを良しとしている。

　このように、剣法家は「着」を嫌い、「てんずる」こと、すなわち「円転自在」が大切だとしているのであり、円月殺法はたしかに少々劇画的ではあるが、この極意をまさに具現した剣法であったと言える。

『眠狂四郎』についての世間にある誤解をまず解いておきたかったので、ここでは眠狂四郎の人間像と彼の円月殺法について述べておいた。このシリーズの小説のもう一つの面白さは、物語が「どんでん返し」するところであろう。それも二転どころか三転する場合も結構ある。これについて柴田錬三郎が、人を惹きつけるには、「どんでん返しは一回ではいかんのだ。どんでん返しは二回やらなくちゃいかんのだ」と語っていたことを、遠藤周作は『柴田錬三郎選集　第二巻』の「月報　錬さんの思い出」で述べている。

また吉行淳之介は、柴田錬三郎が小説に「『宝さがし』の要素を入れると、読者も面白がるし、書くほうも書きやすくなる」と語っていたことを、同じく選集の第十巻の「月報　柴錬さんの講義」で述べている。「宝さがし」は、『眠狂四郎』では将軍家拝領の小直衣《このうし》雛をめぐる争奪の闘いの話となって織り込まれている。「小直衣」がこの場合、「宝」である。

柴田錬三郎は、岡山を代表するエンターテインメント作家であり、彼のエンターテインメント小説は、どの作品を読んでも面白いと言える。

吉行淳之介《よしゆきじゅんのすけ》　性愛の中の精神

吉行淳之介（1924〈大正13〉～1994〈平成6〉）は芥川賞作家であり、一般にも純文学作家としてのイメージが強く、実際にもそうであったと言えるが、実は彼には『エンタテインメント全集』全11巻（角川書店、1976〈昭和51〉・9～1977〈昭和52〉・7）というのが刊行されている。ここではその中の一作品だけを紹介し、やはり彼の文学に対して持たれている誤解を解いてみたいと思う。

吉行淳之介は、１９２４（大正13）年に岡山で生まれ、父が新興芸術派の作家・吉行エイスケで母が美容家の吉行あぐりであった。母のあぐりのことは、１９９７（平成９）年度にＮＨＫの朝の連続ドラマ「あぐり」で放送され、話題となった。妹の吉行和子が女優で、同じく妹の理恵は詩人である。吉行淳之介は、東大英文科を中退した後、１９５４（昭和29）年に30歳のとき「驟雨」で第31回芥川賞を受賞する。結核で手術療養中のときであった。以後、庄野潤三や遠藤周作、安岡章太郎などとともにいわゆる〈第三の新人〉のメンバーとして活躍し、１９９４年に亡くなった。享年70歳。

吉行淳之介は岡山で生まれたが、２歳のときに家族が東京に移り住んだので、実質的には東京育ちであるが、小学校や中学などの夏休みは岡山の親戚の家によく逗留していたようで、彼は岡山に郷里意識を持っていた。そう彼自身が語っている。学校の友達と喧嘩したときなどには、休みの間に覚えた岡山弁で捲《まく》し立てて相手を煙に巻いていた、ということも語っている。吉行淳之介はそのように岡山と縁が深い作家なので、彼をここで取り上げた次第である。

吉行淳之介は、娼婦ものの小説で芥川賞を受賞し、以後もその初期には娼婦ものの作品を続けて書いている。また、彼は性を描いた作家だと言われることがあり、たしかにそう言えるところがあるが、しかしたとえば同じく性を描いた作家と言える谷崎潤一郎の小説とは大きく異なっていることに注意しなければならない。谷崎潤一郎は、性愛のもたらす快感、それも男だけの快感を描いた作家であるが、吉行淳之介の小説に登場する男たちは、性の悦楽を味わっているというよりも、性に纏《まつ》わることに苦しみを感じていると言った方が適切なのである。

たとえば、芥川賞作品の「驟雨」は、大学を出て三年目の独身男性である山村英夫が主人公で、彼は好んで娼婦の街を歩くのだが、「遊戯の段階からはみ出しそうな女性関係には巻き込まれまい」と思っていたにもかかわらず、道子という娼婦を本気で好きになるのである。そうなると、自分以外の客を相手にする娼婦に「嫉妬」の感情を持ってしまうようになる。「娼婦の町の女にたいして、この種の嫉妬を起すほど馬鹿げたことはない」と思いつつも、「嫉妬」してしまう。

谷崎潤一郎の小説ならば、『鍵』（１９５６〈昭和31〉・12）の主人公のように、「嫉妬」感情を刺激にしてより一層の性の快楽を得ようとするが、吉行淳之介の小説に登場する人物たちは、「嫉妬」に苦しむのである。「驟雨」の約四年後に発表された「娼婦の部屋」

（1958〈昭和33〉・10）においても、主人公で語り手の「私」という人物は、秋子という娼婦のところに通っていて、彼は自分の感情を操作できる方の男であるが、それでも秋子に他のお客が来たことを告げ知らされると、「不意に（略）苛立たしい気持に捉えられ」、「その苛立たしい気持は、そのまま嫉妬に繋がるものだ」と思うのである。

吉行淳之介の小説の主人公たちは、たとえば永井荷風の小説の主人公などに比べて、いわゆる〈粋〉ではないのである。哲学者の九鬼周造の有名な著作に『「いき」の構造』（1930〈昭和5〉・11）があるが、そこで論じられている「粋」とは、諦め（無常観）を根柢に持ちつつも媚（色情）を表し、そして武士道的な心意気をしめすもの、と定義されている。それに即して見ると、嫉妬感情を持ち女性に恋着する、吉行淳之介の主人公たちは、その反対であり、むしろ「野暮」と、あるいは愚直とさえ言えるだろう。

つまり、吉行淳之介の主人公たちは自分の感情や心情の動きそのままに翻弄されているのだが、その精神の有り様を描いたのが吉行淳之介の小説であったと言えよう。このことは晩年の『夕暮まで』（1978〈昭和53〉・9）に至るまで変わらなかった。これらのことと関わるが、登場する女性の容姿、容貌についてはほとんど記述が無いのである。

性を描いた小説ならば、それらは当然描かれて然るべきであるが、吉行淳之介の小説にはほとんどその種の記述は無く、さらには行為の濃厚な描写も無いと言っていい。

このように吉行淳之介の小説では、性をめぐっては肉体よりも精神の方の問題が語られているのである。精神の問題とは人間関係の問題であり、嫉妬の問題がそこに色濃く絡まってくるのである。

実は、それらの特徴はエンターテインメント文学においても、基本的には変わらない。では『エンタテインメント全集』全11巻の中からは、一作だけを取り上げることにしたい。一作だけというのは、小説の特徴という点においては、どの作も大きな相違は無いからである。そのV巻に収録されている「にせドンファン」は初出では「ずべ公天使」という題で雑誌「マドモアゼル」に1962（昭和37）年に12回に亘って連載された小説で、花岡文雄という、英文学専門の大学助教授がガールハンティングする話である。

花岡文雄は30歳で母校の助教授になったのだから、秀才と言えるのだが、ほとんどの夜をガールハンティングに時間を割いていて、一体いつ研究するのか、と疑問に思わざるを得ないのだが、それはともかくとして、様々な女性との出会いと別れが語られていると、一応言うことができる。「一応」というのは、彼自身が「別れることに巧みなのは、ドンファンの資格である」と語っているのだが、実はどの女性ともうまく別れたと思っても、そうは行かないのである。だから、「にせドンファン」なのである。また、この小説においても、性愛の描写は無く、吉行淳之介らしい小説となっている。もっとも、ドンファンという存在も、漁色家であるものの、狙った女性を籠絡すること自体に無上の喜びを感じるのであって、性愛行為にはそれほどの欲望を持っていないと言える。その点において、花岡文雄はドンファンの名に相応しいのである。

こうして見ると、吉行淳之介は珍しい性文学を、純文学とエンターテインメント文学との双方において描いた作家だったと言えようか。

横溝正史《よこみぞせいし》　岡山疎開が戦後の活躍へ

横溝正史（1902〈明治35〉～1981〈昭和56〉）は神戸市に生まれ、1924（大正13）年に大阪薬学専門学校（現・大阪大学薬学部）を卒業後、実家の生薬屋「春秋堂」に勤めていたが、1926（大正15）年に江戸川乱歩に請われて上京し、博文館に入社して

1927（昭和2）年に雑誌「新青年」の編集長となり、以後同誌に探偵小説を発表する。なお、戦前では探偵小説と呼ばれていた小説が、戦後になって推理小説という呼び名となったのは、探偵の「偵」の字が常用漢字表から外れたためである。推理小説という呼び名を思いついたのは、生理学者で推理作家の木々高太郎だとされている。

横溝正史は肺結核となり、療養生活を送りながら、戦時下には「人形佐七捕物帳」を書く。これは、探偵小説は軍部から睨まれたが、時代ものの捕物帳は見逃されたからである。1945（昭和20）年4月から約三年間、岡山県吉備郡岡田村で疎開生活を送る。この岡山での疎開生活が戦後の活躍をもたらしたと言っていい。1946（昭和21）年に『本陣殺人事件』が「宝石」に連載された。

しかし横溝正史の推理小説がブームになったのは、1970年代半ば以降であった。小説が爆発的に売れるとともに、それらの作品が次々と映画化されたり、テレビドラマ化されたりした。もっとも、たとえば『獄門島』が1947（昭和22）年に発表され、『八つ墓村』は1949（昭和24）年に発表されるなど、横溝ブームを作った作品群は、戦後直後の数年間に発表されたものだったのである。また、1960年代から1970年代前半は、松本清張や水上勉たちのいわゆる社会派ミステリーが注目を集めていて、横溝正史ミステリーのような本格派のミステリーは顧みられることが少なかったのである。

そのことについて横溝正史は、『真説　金田一耕助』（1977〈昭和52〉・11）で次のように語っている。「（略）私はいちど世間からもマスコミからも忘れ去られていた作家である。それがたまたま昭和46年の春、「八つ墓村」が角川文庫にとりあげられたところ、それが意外な売れ行きを示して、またたくまに十万までいった」、と。それは基本的には、推理小説ファンには、社会派ミステリーの価値は認めるけれど、他方で不可思議な謎が名探偵によって解き明かされる、そういう推理の魅力をワクワクしながら味わいたいという願望も、あったためだと考えられる。

もう一つは、横溝正史の小説に限るならば、岡山を舞台にしているところに物語の魅力があったからだと言えるのではないかと思われる。おそらく当時流行った〈ディスカバー・ジャパン〉の空気と連動するところがあったのではないかと考えられる。古い慣習が残っている地方を舞台にした物語を読むことは、半面において、〈ディスカバー・ジャパン〉の一つの実践でもあったのである。この古さは岡山を舞台にした横溝ミステリーにとっては、無くてはならないものであった。なぜならば、古い人間関係や価値観が支配的な、言わば半封建的な風土こそが犯罪を生み出す土壌であったからだ。そしてそれは、『八つ墓村』では農村社会に、そして『獄門島』では漁村社会に根強く残るものであった。

おそらく横溝正史は、約三年間の疎開生活の中で、そういう土壌を実感的に認識したと考えられる。矢掛本陣から場所のヒントを得たと思われる、戦後になって最初に書かれた『本陣殺人事件』は、その犯罪の背景に古い旧家意識があったことが語られている。そして、この小説で初めて名探偵、金田一耕助が登場するのである。

この小説の中で金田一耕助は、アメリカに行って麻薬中毒になり、日本に帰ってから更生して探偵業に目覚めたことになっているが、彼は金銭的な報酬や名誉欲などを求めず、俗世の欲望に恬淡としていて、探偵業にのみ情熱を感じる人物である。この人物像は横溝正史の僚友とも言うべき江戸川乱歩の名探偵、明智小五郎と同じである。さらに言えば、コナン・ドイルの名探偵、シャーロック・ホームズにも共通していると言える。彼らは、探偵すること自体が楽しく、そこに生き甲斐を感じているのである。シャーロック・ホームズが生きた時代のイギリスの文学者オスカー・ワイルドは、〈芸術のための芸術〉ということを唱えたが、それを捩《もじ》って言うならば、ホームズや金田一耕助の探偵業とは〈探偵のための探偵〉と言えようか。

さらに芸術至上主義という言葉を捩って言うならば、ホームズや金田一耕助のあり方は探偵至上主義と言うべきであろうが、こういうあり方を良しとするか、あるいは良しと言わないまでも許容するかなどは、読者の価値判断に委ねるしかない。また岡山を舞台にした、横溝正史の推理小説は、実におどろおどろしい雰囲気で物語が進むが、犯罪の推理については実に明快な論理が展開されていることに注意しなければならない。おどろおどろしい雰囲気は、あくまでも読者の興味を引くための言わば演出効果と言って良い。

以上が横溝正史の岡山を舞台にした推理小説の特徴であるが、最後に一つだけ、私が少々首を傾げることについて述べておきたい。それは『獄門島』でも『八つ墓村』でもそうだが、金田一耕助は割と早くから犯罪の当該場所に足を踏み入れているのだが、犯罪を防止することが一度としてできていないということである。犯人の思惑通りにほぼ犯罪が完了した後で、登場人物を集めたりして、自分の推理を得々と語って、最後に「あなたが犯人です」ということを、これも得意そうに言う。たしかに、犯罪を未然に防いでは物語としての推理小説が成り立たない、ということもあるだろう。しかし、現場にいる探偵として犯罪が行われるのを、結果的には傍観拱手《ぼうかんきょうしゅ》していたというのは、探偵として大いに反省され悔やまれることではないかと思われるが、金田一耕助にはそういうところはない。望むらくは、探偵が途中で犯罪を未然に防ぎながら、推理小説としても面白い、というような作品を横溝正史に書いてもらいたかった。

むろん、これは望蜀《ぼうしょく》の言ではある。

第五章　現代

現代という時代を、どの時点から指すのかという問題については、厳密な時代区分は不可能であろうし、またそれを行おうとすることもあまり意味の無いことであろう。私としては必ずしも本意ではなかったが、当該の時代に対して読者の方々がイメージを摑みやすいであろうと思って、これまでの章ではその題目の中に元号を用いてきた。その例に従って言えば、現代は平成以降ということになる。これは偶然の一致だが、昭和から平成への改元の時期と、１９９０年前後のソ連、東欧の〈社会主義〉政権の崩壊の時期とは、ほぼ重なっていた。

おそらく現代という時代は、〈社会主義〉国家の終焉以降の時代と捉えるのが、もっとも妥当であると言えるだろう。今日に至るその時代とは、二十世紀において大きな枠組みを作っていた、左右のイデオロギー対立という考え方が、無効になった時代というふうに言える。その枠組みの考え方では世界や時代を捉えにくくなったのである。むろん、その枠組みが無効になったからと言って、その中で問題にされていたこと自体が解決したり解消したりしたわけではない。多くの問題は、今なお継続しているのである。たとえば、格差問題や差別問題などを取っても、それが解決したとは決して言うことはできない。それとともに、実は以前からもあったのだが、表面には出て来なかった問題が顕在化したという事例もある。たとえばイジメ問題がそれである。

もっとも、イジメ問題は単に顕在化しただけではなく、より過酷な様相を帯びてきていると言える。そしてその問題は、言わば底辺において格差社会の問題とも繋がっていると考えられる。さらに言うまでもないことだが、それはまた差別問題とも繋がっているだろう。差別問題とは社会的なイジメの問題でもあるから、である。さらに現代において浮上してきたのが、地震などの災厄である。現在、世界的に猛威をふるっているコロナ禍も災厄である。もちろんこれらのことは、長い人類史においても繰り返し現れてきた事柄であったが、地球環境が危機的な状態に突入しつつある現代においては、より深刻な事態となってきたと言える。

今日における岡山のエンターテインメント文学も、深浅の違いはありながらも、今述べた事柄と関わって展開されてきた。また、これまで見てきたように、明治以降、岡山のエンターテインメント文学とその文学者たちは、どの時代も途切れることなく続いてきていて、現代においてもそうである。というよりも、現代においてはますます活況を呈していて、少なからぬ才能が現れていると言えよう。

次に、その文学者たちと作品を見ていきたいが、本章では叙述の順番を、原則としては（例外はあるが）文学者の生年順に従っている。

塩見鮮一郎《しおみせんいちろう》　江戸の被差別民を描く

塩見鮮一郎（1938〈昭和13〉～）は岡山市の生まれで、岡山大学法文学部を卒業後、出版社勤務の後、専業の作家となった文学者である。一貫して塩見鮮一郎は、差別問題をテーマにした小説や評論を上梓してきた文学者でその著作はかなりの数に上っている。ここでは、小学館文庫にも収められている『浅草弾左衛門』全三巻（1985〈昭和60〉～1987〈昭和62〉）と『車善七』全三巻（2004〈平成16〉）の、二つの長編小説について見ていきたいが、その前に評論の『弾左衛門とその時代』に触れておきたい。

塩見鮮一郎は、まず「弾左衛門」が職名であるとともに人名であることを指摘する。だから、その名は代々と受け継がれてきたのだが、江戸の町奉行は被差別民の裁判や刑の執行を弾左衛門の役所に任せていた。つまり、「弾左衛門」は被差別民の行政府の長であり、その役所は江戸府内だけでなく関八州とその他の地域の被差別民をも統括していたのである。また同書で塩見鮮一郎は、穢多《えた》・非人と一括して言われることが多いが、定住していた穢多は非定住の非人よりも階層が上とされていたこと、また穢れを清める仕事の人間がその穢れを背負うというパラドックスが日本人の差別意識にあることなどを指摘している。

さらに、幕末期にあった岡山での、非差別民の一揆として知られている渋染《しぶぞめ》一揆についても述べている。この一揆は、第二章の「江見水蔭」の所でも触れたが、江戸末期に岡山藩が非差別部落の人たちに対して出した、〈無地の渋染めか藍染め以外の着用を許さない〉という倹約令に対して、「岡山県南部の非差別民一五〇〇名が吉井川の河原に結集し」て、その倹約令を撤回させた出来事である。なお、これは輝かしい反差別の闘争であったが、一揆の後に指導者12名が逮捕され、その半数が獄死したが、そのことは本書では触れられていない。また、渋染一揆では好意的中立を保った百姓たちが、後の血税一揆では部落の人たちに酷いことをしたのであったが、それについては小説『浅草弾左衛門』で語られている。また、最後の「浅草弾左衛門」であった弾直樹の生涯についても、一章を設けて詳しく語られている。

その弾直樹が主人公となっているのが、『浅草弾左衛門』である。この小説は、「天保青春篇」、「幕末躍動篇」、「明治苦闘篇」の三篇からなっている長大な物語である。「天保青春篇（上）」では、後の弾左衛門となる直樹がまだ小太郎という名前であったときに、父の利左衛門が小太郎に語る場面があるが、これは当時の被差別民の思いを代弁していると言えよう。なお、「皮多」というのは非差別民の別称である。利左衛門はこう語る、「ええか、小太。わしら皮多がな、そうやって火も水も恐れんと立派にがんばるんはな、そう、いつか人間の交わりを許してもらうためやないか。本願寺さまは来世でわしらを人間なみの仏にしてくださる。だが、この世でも人間なみにしてもらわにゃならんのよ。それこそ皮多もんみんなの悲願なんや」、と。

また、1871（明治4）年に公布された「解放令」に対して多くの被差別部落は「穢多従前通り」で良いとする一札、すなわち従来通りの差別を受け入れるという一札を入れたのだが、岡山の小湊村はそれに反対した。県庁に「解放令」反対の意志を示せという農民側の要求を、小湊村は拒否して徹底抗戦の構えを見せたために、いわゆる血税一揆に蜂起した農民たちが、小湊村の人たちに凄惨な仕打ちをしたのである。歴史家の〈ひろたまさき〉は、論文「美作血税一揆に関する若干の問題」で、農民たちは「総計315戸を放火、破壊し、17人を殺傷した」と述べている。

この事件については「明治苦闘篇（下）」で、「この一揆に呼びかけられた岡山県津高郡（岡山市の北）の百姓四千名が、行きがけの駄賃と近くの皮多村を、鉄砲と槍で襲って、二十四戸が焼かれました」と、登場人物の一人で岡山出身の大西豊五郎という人物が、弾直樹に語っている。

このように『浅草弾左衛門』は史実を踏まえながら、大きなスケールで語られた時代小説であり、差別問題についての作者の真摯な姿勢と物語を創造する力量を感じさせる小説である。同書の文庫版の解説で日本近代文学研究者の高橋敏夫は、「もしも塩見鮮一郎を欠いたなら、現代文学はどれほど薄っぺらなものになってしまうだろう」として、「わたしのこの思いは、もちろん、塩見鮮一郎を黙殺しつづける「現代文学」(文壇および文芸ジャーナリズム)への不信感と切り離すことができない」と述べている。私もその「不信感」を共有しているのだが、さらにそこに「学界」を加えてもいいだろう。

因みに、やはり高橋敏夫は、「差別からの解放は差別者においてこそ根柢から問われているにもかかわらず、つねに被差別者に属する問題とされてきた。おそるべき、まことにおそるべき倒錯である」と述べているが、同感である。差別問題をテーマにしたテレビ取材でも、まず被差別部落を取材するのであるが、そうではなく差別する側を取材するべきであろう。差別する側の方にこそ問題があるのである。

『車善七』は、非人頭であった「車善七」を主人公にした物語であるが、非人頭であった「車善七」という名も、「職名」であるとともに「人名」であった。この物語では被差別民の間での対立(穢多と非人との対立)が扱われているが、これも史実を踏まえた、読み応えのある、長大な小説である。塩見鮮一郎はもっと読まれるべき作家である。

高嶋《たかしま》哲夫《てつお》 クライシス小説の代表

高嶋哲夫（1949〈昭和24〉〜）は、玉野市の出身で慶應義塾大学大学院工学研究科修士課程を修了し、日本原子力研究所勤務を経て、小説執筆に専念している作家である。この経歴からわかるように、高嶋哲夫は理系の出身であって、科学技術に強いところを生かした、長編の言わばクライシス小説を発表し続けている。『イントゥルーダー』（1999〈平成11〉）や『都庁爆破！』（2001〈平成13〉）はテレビドラマ化され、また『ミッドナイト・イーグル』（2000〈平成12〉）は映画化された。高嶋哲夫は多くの小説を書いているが、ここで扱うのは『首都感染』（2010〈平成22〉）である。この小説は、コロナ禍に見舞われたときに（コロナ禍は今なお続いているが）、コロナ禍を先取りしていた小説として注目された。

物語の主人公は、WHOを退職して日本に帰った医師、瀬戸崎優司（35歳）で、彼の父は総理の瀬戸崎雄一郎（64歳）である。優司は子どもを病気で亡くし、そのことが原因となって妻だった里美と離婚していた。今の彼の親しい知人としては、友人で医師の黒木慎介とその右腕とされる中国人留学生の王光裕《おうこうゆう》がいる。物語は、中国の雲南省で強毒性のインフルエンザが発生するところから急激に動き出す。

以後の感染状態の経過は、現在のコロナ禍と実によく似ている。鳥インフルエンザの場合はその致死率の高さで、感染した一群の鳥を絶滅させるために、ウイルスも死に絶え、感染は拡がらない場合が多いが、人間の場合は違ってくる。すなわち、「ウイルスに感染して発症までに広範囲にわたり多くの人に接する。そのたびにウイルスを撒き散らし感染者を広げていく。発症してからも抗インフルエンザ薬で延命し、その間にも多くの人に接して感染は広がっていくのだ」、と。

有効な対策は感染経路を絶つことだとして、瀬戸崎優司はこう語る、「まず、不特定多数の人が集まる所に行かない。それには、不要不急の外出を避けることがいちばんです。やむをえず人に会うときには、対人距離をしっかり保つことです。飛沫は1メートルから2メートル以内に飛び散ります。それに、手洗い、うがいを徹底する。咳エチケットはご存知でしょう。くしゃみをするときにはティッシュで覆うとか、マスクをするということです。マスクは自分のためでもありますが、他人のためでもあるのです」、と。

私たちは、コロナ禍に必要な心構えを聞かせられているように思うだろう。このインフルエンザの場合も、感染拡大は、主に「飛沫感染と接触感染」にあるとされていて、それはコロナ禍の場合と同様であるから、対処法も重なってくるのは当然ではある。

物語は、「M―128」という薬の開発によって、強毒性のインフルエンザも収束に向かうところで終わっているが、この新薬の開発には120億円と三年間の年月がかかったとされている。120億円は高額な経費ではあるが、しかし現在の戦闘機一機の値段とあまり変わらないことを考えれば、どうしてもっと早く開発に力を入れなかったのかという疑問も出てくる。物語では数千億くらいの高額費用のかかった薬としておいても良かったのではないかと思われるが、どうであろうか。また、東京をロックダウンにして感染を封じ込め、その間、大阪では通常通りの生活が可能であったとされているが、これもそんなにうまく行くのかという疑問も出てくるだろう。

そういう疑問なども出てくるのであるが、それにしても科学的知見に基づいた、高嶋哲夫のクライシス小説の予見力には驚かざるを得ない。たとえば、2005（平成17）年に刊行された『TSUNAMI』は、東日本大震災の六年前の小説であり、また物語では災害ではなくテロによるものであるが、原発による汚染の危機を突きつけたのは、1999（平成11）年に刊行された『スピカ――原発占拠――』であった。テロによるものであれ、自然災害によるものであれ、原発が一度でも事故を起こせば取り返しのつかない災厄を振りまくのだということを、この小説からも知ることができる。小説を読んで実生活上の教訓に役立てようとするのは、小説を読む場合の王道の読み方ではないが、高嶋哲夫の小説については、必ずしもそうとは言えない。彼の小説から私たちは多くを学ぶことができる。

あさのあつこ　児童文学から時代小説へ

あさのあつこ（本名、浅野敦子、1954〈昭和29〉～）は英田郡美作町（現・美作市）出身で、青山学院大学を卒業して小学校の臨時教師を勤めた後、児童文学から出発し、現在は多くの時代小説を刊行している小説家である。処女作シリーズは『ほたる館物語』（1991〈平成3〉～1992〈平成4〉）である。これは温泉町「湯里」の老舗旅館を舞台にした、主人公「一子」と周りの人の物語である。「湯里」は作者の郷里近くの湯郷温泉を思わせる。あさのあつこの代表作は1997（平成9）年の野間児童文芸賞を受賞した『バッテリー』（1996〈平成8〉～2005〈平成17〉）で、この小説は1000万部を超える売れ行きを示し、あさのあつこはこれによって大ブレイクを果たしたのである。『バッテリー』は映画化もテレビドラマ化もされた、よく知られた物語である。これは野球を通しての、二人の少年の友情物語である。

二人の少年の物語としては、その他にも『THE MANZAI』(1999〈平成11〉)がある。これは、漫才コンビを組もうとする秋本少年と、それを拒み続ける、秀才タイプの瀬田少年との物語であるが、瀬田少年は自分が秋本少年の言葉に支えられていることを感じて、徐々に秋本少年に心を開き始め、漫才の誘いにも心が動き始めるのである。こう思う、「漫才なんてやりたくない。それでも、心の一部が、とんとんと弾《はず》んでいる。言葉を使って人を傷《きず》つけるより、言葉を使って人を笑わせるほうが何倍も、何倍も尊《とうと》いことだ。それはわかる」、と。『THE MANZAI』の面白さの一つに、少年同士の言葉の掛け合いがある。これは他のあさのあつこの小説にも言えることで、そこに温かいユーモアがあるのだ。

そのことは、時代小説にも見ることができる。あさのあつこは、前述のように、いわゆる児童文学から出発した作家であったが、やがて時代小説に執筆の領域を拡げていった。それは、藤沢周平の小説を読んで感動したことが切っ掛けのようだが、物語を創る才質に恵まれているあさのあつこは、時代小説においても驚くべき多様な物語を創造している。

最初の時代小説は『弥勒の月』であるが、これは同心の木暮信次郎《こぐれしんじろう》と岡っ引きの伊佐治《いさじ》がコンビとなって、江戸の商家で起きた事件を解決する物語である。あらすじの一部を紹介すると――商家の旦那、周防清弥《すおうせいや》は、実は過去を抹殺して別人になって江戸で生活するようになった男であった。その過去とは、藩の中で一方の実力者であった父は、藩政改革を行うために剣の使い手である我が息子に幾つもの殺人を命じて、清弥はそれを忠実に実行していたのである。しかし、やがてそのことに懐疑を懐き、そして結果的に父を討ち、藩を出て行った。――そういう過去であったが、それは物語の終盤近くになって明らかにされている。このように『弥勒の月』は、サスペンスが織り込まれた物語であるが、信次郎と伊佐治のコンビには、やはり男同士の友情が感じられ、あさのあつこらしい、温かみもある小説となっている。

時代小説のヒット小説としては、『おいち不思議がたり』を挙げなければならないだろう。これは2009（平成21）年刊行の『ガールズ・ストーリー　おいち不思議がたり』を改訂・改題した小説である。時は江戸時代、主な舞台は深川の菖蒲《しょうぶ》長屋で、主人公の「おいち」は16歳の女の子で、母を幼いときに亡くし、今は貧乏医師の父、松庵《しょうあん》の仕事を手伝いながら、明るく健気に生きている。そんな彼女に「さっと嫁に行きなさい」と勧めるのが、うるさ型だが気の良い伯母の「おうた」である。「おうた」は死んだ母の実の姉だから、松庵にとっては義姉になる。この「おうた」と松庵との掛け合いには、ユーモアがあって、読者をあさのあつこらしい温《あたた》かい世界に誘《いざな》ってくれる。

「おいち」には不思議な能力があった。こう語られている、「おいちには昔からそういうところがあった。見えるのだ。血に染まったり、疝気《せんき》や霍乱《かくらん》に苦しむ患者の姿が浮かぶ。いつもではない。一月《ひとつき》に一度か二度、急な症状で担《かつ》ぎ込まれる者が眼裏《まなうら》に見える。なぜなのか、まるでわからない」、と。また「おいち」は、治癒の根本がどこにあるのかもわかっているようなのだ。「おいち」は、患者の「患所」に手を添えるだけで案外効果があることを経験から知っていたとされて、こう語られている。「痛む場所に、苦しいところに、そっと添えられた掌の温かさは、理屈ではなく人を励《はげ》ますものなのだ。／ああ、この手は温かい。／そう感じただけで人は励まされるものなのだ」、と。

そして、その不思議な能力を生かしながら、「おいち」は治療や事件に向かっていくのだが、「おいち」は自分だけの問題ではなく、女が強いられている悲しさにも眼が向いている。シリーズ第二弾の『桜舞う　おいち不思議がたり』（2012〈平成24〉）で「おいち」はこう思っている、「それにしても、女って悲しい。すぐに、売り買いの代《しろ》になってしまう。若い娘を買う男がいて、女房や娘を売る男がいる。／この世は男を中心にしか、回らないんだろうか。／私は、医者になりたい」、と。この最後の言葉は、前の脈絡から少し飛躍があるけれど、了解できるのではないかと思われる。「おいち」は医者になって「女」を救いたいと思っているわけである。これまでの話では「女」のあり方の問題が語られたことはなかったが、ここで初めて語られているのである。

また、この第二弾では、実は松庵の実子ではなかったという、「おいち」の出生の秘密が明らかにされるのであるが、しかし父の松庵も伯母の「おうた」も、実の娘、姪以上に「おいち」のことを思っていることが語られている。「おいち」は善意の人々に囲まれた境涯で生きているのである。いろいろな事件が起こって、物語は思わぬ方向に展開していくこともあるが、読者は基本的に温かい気持ちで読み進めていくことができる話となっていて、あさのあつこの持ち味が出ているシリーズである。

そういう持ち味が出ている、時代小説のシリーズものとしては、『闇医者おゑん秘録帖』のシリーズもある。これは、江戸の町、竹林に囲まれたしもた屋で、産んではいけない子どもを孕んだ女たちを受け入れて、子堕ろしを行う「おゑん」が主人公の物語シリーズである。

シリーズ第一弾の『闇医者おゑん秘録帖』収録の第一話「春の夢」では、商家の若旦那と深い仲になったお春だったが、若旦那は大店の娘と結婚することになる。お春は赤ちゃんを産んで一人で生きて行こうとするが、その決意を知った若旦那は自分が捨てられたと思い、階段からお春を突き落としたのである。それによってお春は流産するが、若旦那にはきっぱりと別れることを宣言する。お春は若旦那に言う、「ただ、覚えていてください。女は玩具じゃないんだってことを」、と。この話の最後で「おゑん」は、お春に語る、「お春さん、あたしの所で働く気はないかしらね」、と。以後、お春は『闇医者おゑん秘録帖』のレギュラー登場人物となっている。

このように『闇医者おゑん秘録帖』は、女性を抑圧する社会を指弾する物語でもあるが、そういう社会でも健気に生きている女性たちの姿も描かれていて、読者の共感を呼ぶ物語となっている。『かわうそ　お江戸恋語り。』は、江戸深川の太物問屋「あたご屋」の娘で17歳のお八重が主人公の物語で、お八重は母を早くに亡くしたが、優しい父と聡明な祖母、そして「おいち」シリーズと同じくうるさ型だが気の良い伯母たちに囲まれて幸せな日々を送っていた。ある日、お八重は暴漢に襲われるが、その窮地を救ってくれた「川獺《かわうそ》」と名乗った男性に恋をしてしまう。この物語は、お八重のその恋の物語が主筋となって展開し、「川獺」の正体が明かされ、意外な話へと発展するのである。「おいち」シリーズでも登場した岡っ引きの「仙五郎」がこの物語でも出てくるのが、あさのファンの読者には嬉しいところだろう。

あさのあつこは、その他にも膨大なと言っていい小説を書いているが、どの小説も水準の維持された、読み物として面白い物語となっている。

小手鞠《こてまり》るい　詩人で小説家

あさのあつこの『おいち不思議がたり』のPHP文芸文庫版に、この小説について、これは「（略）青春小説であり、ミステリー小説（ちょっとホラーの要素もあり）であり、時代小説でもあるという、実に骨太で頑丈な柱を三本も持っている」として、さらに「血の通った文章から滲み出てくるぬくもりこそが」、「四本目の柱であり、大黒柱ではないか」と、その本質をズバリ述べた解説を書いたのが、詩人で作家の小手鞠るいであった。この解説の冒頭で小手鞠るいは、「のっけから自慢話で恐縮ですが、私はあさのあつこさんと同じ岡山の生まれで、世代もほとんど同じです」と自己紹介している。

小手鞠るい（1956〈昭和31〉～）は、備前市で生まれて高校まで岡山で育ち、同志社大学法学部を卒業した後は、雑誌編集の仕事や塾講師の仕事をしながら、『おとぎ話』で1993（平成5）年に第12回海燕新人文学賞を受賞している。ここで取り上げるのは、2005（平成17）年に第12回島清恋愛文学賞を受賞した『欲しいのは、あなただけ』（2004）である。

物語の前半は、主人公の「わたし」と「男らしい人」との恋の話であると言えるが、その愛の形はおそらく恋愛の極致とも言うべきありかたかも知れない。それは、結婚とか子どもを作るとか、そんなことはどうでも良く、「あなたに溶けて、重なっていたい。それがわたしにとって、愛するということ」というような愛の形だからである。その自分の気持ちが相手に伝わらないことから自殺未遂も行い、しかしながら、その「男らしい人」との恋愛は終わり（彼に家族がいることがわかり）、その後、見合い結婚するも、やはり家庭持ちの男性と恋をしてしまう。その男性は「優しい人」であった。この恋も、自分の愛情を相手にぶつけるような関係であった。

「わたし」は言わば恋愛そのものを生きている女性で、恋愛を自分の生活の100％にして生きているような女性なのである。「わたしは愛する。それがわたしにとって、生きるということ」というのが、主人公の思いなのである。「男らしい人」との恋では、「男らしい人の言いなりになっている自分が好きだった。もっと拘束されてもいい、もっと拘束されたいと、わたしは思うようになっていた」、と思っているのである。車がブロックに激突して死んでもいいとさえ思っていて、「それは、わたしの望むところなのだ。わたしは自分の身の内に、徹底的に壊すことでしか、失うことでしか、全うできない何かが巣くっているのを知っていた」と語られている。その「何か」を作者は追究するべきだったと思われるが、指摘だけに止まっているのは残念である。

そして、娘が小学校に通い出して、再就職した職場で知り合ったのが「優しい人」だったのであるが、その「優しい人」との関係においても、「優しい人との関係に金縛りになり、優しい人に対する執着の沼のなかに埋没していた」と語られている。「男らしい人」との関係と同型のあり方である。そして、こう語られる、「わたしは愛する。それがわたしにとって、生きるということ。」だと。

このようなあり方を、人によっては〈恋愛依存症〉と名付けて精神的な病の一種に分類するかも知れない。あるいは、相手に対して好感を持ち、好きであることは間違いないにしても、それよりも恋をしている自分のことがもっと好きなのではないか、これはナルシズムの一種である、と分析するかも知れない。おそらく、そういう分析には肯綮《こうけい》に中《あた》るものがあると思われるが、『欲しいのは、あなただけ』は恋愛の究極の姿を描いた小説であると言えよう。そして、その恋愛の究極とはすでに述べたように、実は自己愛のことなのではないか、とも思わせる小説である。

重松清《しげまつきよし》　学校と家庭の物語、その名手

重松清（1963〈昭和38〉～）は岡山県久米町（現・津山市）で生まれ、中学、高校時代は山口県で過ごし、早稲田大学教育学部国語国文学科を卒業後、出版社に勤務した後、フリーライターとして独立し、作家生活に入る。『エイジ』（1999〈平成11〉）で1999年度の山本周五郎賞、『ビタミンF』（2000〈平成12〉）で2001年度、第一二四回の直木賞を受賞、さらに本屋大賞は数回受賞するなど、実に多くの受賞歴を持った小説家である。それだけ重松清は優れた小説をたくさん書いてきたのであり、どの小説を取り上げるべきかの選択は非常に難しいのであるが、拙著『教師像 文学に見る』（新読書社、2015〈平成27〉）で論及した小説について、ここでも論及したい。まず、それは短篇集『青い鳥』の中の表題作となった「青い鳥」である。

出産などで休職中の教師に代わって、中学校で国語授業を行う村内先生が主人公である。彼は風采《ふうさい》の上がらない中年教師で、さらに吃音《きつおん》でもあった。どもるのである。

だから、彼は生徒たちから憧れられるような先生ではなかった。或る学校に臨時教師として赴任したが、そこにはクラスの中でイジメにあって自殺未遂をした野口少年がいた。彼の家がコンビニエンス・ストアを経営していたので、イジメ側の生徒たちは、そこから商品を持って来させたり、家の財布から金を盗ませたりしていたのである。多くのイジメ問題で指摘されているように加害者側に加害の意識がほとんど無かったのである。野口少年はいつもおどけた感じで「ヤバいっすよ、マジ」などと言いつつ、その命令に従っていたのだ。自殺未遂事件後、野口一家は引っ越し、野口少年も転校していった。

村内先生は、教室に野口少年の席を作り、主《あるじ》の席に「野口くん、おかえり」と声を掛ける。毎時間の授業でそうするのである。生徒の一人が自分たちに罰を与えているのでしょうと問うと、野口先生は罰ではなく責任だと言い、こう語る、「一生忘れられないようなことをしたんだ、みんなは。じゃあ、みんながそれを忘れるのって、ひきょうだろう？（略）野口君にしたことを忘れちゃだめなんだ、一生。それが責任なんだ」、と。いつもはどもって聞こえていた先生の声が、そのときの少年たちにはなめらかに聞こえたとされている。村内先生は、自分のように「言葉がつっかえなきゃしゃべれないひともいるし、野口くんみたいに、冗談っぽく笑わないと本気でしゃべれないひともいる」、「それは、もうひとそれぞれなんだよ」と諭すのである。

これらのやり取りの中で、ようやく少年たちは自分たちのイジメを真正面から深刻に捉えることができたのである。村内先生は声を荒げたり激したりすることなく、主のいない机に語りかけることで、生徒たちが自分たちがやったことの意味を自覚するまで辛抱強く待ったのである。教育というのは、そうあるべきであろう。あるいは村内先生は生徒たちに、「(略)先生がしゃべるのは、本気のこっことだけ、ででっ、です」とも語る。このような先生ならば、生徒たちも信頼するのである。

重松清の短篇集『せんせい。』に収められている、「気をつけ、礼。」のヤスジ先生は、生徒たちの人生にとっては大切な先生であろう。彼は山本康司《こうじ》という名だが、広島カープを愛する生徒たちにとっては、ミスター赤ヘル・山本浩二選手を冒瀆されたような気がしたため、生徒たちは「ヤスジ」と呼んでいた。主人公の「少年」には吃音があったのだが、「ヤスジ」だけは「本気で心配」してくれる先生だった。「ヤスジは少年に面と向かって「おまえは『どもり』なんじゃけえ」とはっきり言う」のだが、他の教師は気づかないふりをするのである。「ヤスジ」は、「気をつけ、礼」の姿勢が自然とできるようになったら、どもらなくなる、と「少年」に言う。

「ヤスジ」の唯一の欠点はギャンブル狂だったことで、あちらこちらで借金して姿を暗ましたのである。「少年」の両親からも「ヤスジ」は金を詐取していた。しかし母親は、「あんたのことを、ほんまに心配してくれとったんじゃけえね、あの先生は」と言い、父親もそう言うのである。「少年」は高校生になっていたが、髪をリーゼントにし、裏地に竜虎の刺繍をした学生服を着て、学校もサボったりするようになっていた。あるとき、「少年」は偶然に「ヤスジ」に会ったのである。

「ヤスジ」は「少年」に「学校はどげんしたんか」と「叱りつける声」で言った。「ヤスジ」の格好は浮浪者のようであったが、「だが、ヤスジはヤスジだった。／「なんな、その格好は。どこぞのちんぴらと変わりゃせんが」」と言い、そして、「「ピシッとせんか!」とヤスジは呶鳴《どな》った」のである。そして、「こげな格好をしとるんじゃったら、まだ『どもり』のままか。のう?ろくにしゃべれんのじゃろうが。おまえ、そげなことでやっていけるか。ほれ、『礼』じゃ、『礼』」と言い、「ヤスジ」は「少年」に「気をつけ、礼」をさせるのだ。そして、「少年」に元気で頑張ってくれと言い、「少年」が「先生……」と声をかけると、「わしはもう先生と違うけん」と、少し笑ってうつむいたとされている。

「ヤスジ」は人生において不器用で弱さもある人物だったのであろう。しかし、生徒のことを本気で思いやることにおいては一級の教師だったと言えよう。重松清の先生が出てくる小説には、このように心温まる物語がたくさんある。重松清は実に多くの小説を書いているが、どの作品も言わば平均水準を超えた作品である、と断言できるのではないかと思われる。このことは至難の技であるが、力量を持った重松清は、それを易々とこなしていると言えよう。

岩井志麻子《いわいしまこ》　岡山の恐怖世界を描く

岩井志麻子（1964〈昭和39〉〜）は岡山県和気町で生まれ、和気閑谷高校商業科を卒業。高校在学中に小説ジュニア短編小説新人賞に佳作入選しているが、岩井志麻子の名前を広く世に知らしめたのは、『ぼっけえ、きょうてえ』（1999〈平成11〉）が第6回日本ホラー小説大賞を受賞したことである。この『ぼっけえ、きょうてえ』で、岩井志麻子は2000年の第13回山本周五郎賞も受賞している。さらに『自由戀愛』（2002〈平成14〉）で第9回島清恋愛文学賞を受賞している。

ここでは、岩井志麻子の一番の有名作である『ぼっけえ、きょうてえ』について見ていきたい。この小説の怖さは、怪談話などに見られる怖さではない。主人公の女性が生きている、その世界の恐ろしさである。別の言い方をすれば、主人公の女性にそういう生を強いている社会の怖さとも言えよう。

――物語は、「女郎」の仕事をしている主人公の「妾《わたし》」の一人語りで進む。「妾」の母親は産婆だったのだが、実際の仕事は堕胎を行うことであった。村の者たちには「子潰《こつぶ》し婆」とか「子刺し婆」と呼ばれていて、「妾」は「孕み女の手足を抑える役目」をしていた。双子で生まれた「妾」の姉は死産の状態だったようで、しかし以後は、「妾の頭の左っかわ」に「人面瘡《そう》」として「くっついとった」とされている。「妾」も水子として処理されるはずだったのが、投げ捨てられた「妾」が川辺で息をしていたのを、母親は「さすがに情が湧いた」のか、「妾」を育てたのだ。子ども時代の「妾」の「友達いうたら、沢で腐っとる水子の死骸だけじゃ」、というようにして育ったらしい。そして、少女になってからは父親に「オカイチョウ」されていたらしい。「オカイチョウ」の意味は書かれていないが、この場合は近親相姦と考えられる。また父と母も実の兄妹だと語られているから、これも近親相姦であった。

女郎となってから、同じ仲間の小桃という娘と仲良くなるが、「妾」は小桃を絞め殺したのである。それは、「妾はあの子を極楽に行かしてやりたかったんじゃ」という理由からである。その小桃の葬式に来た「坊さん」は、「妾」の覚えのある「坊さん」で、「妾に地獄草紙を見せて悪さをした坊さんじゃ」と、「妾」は言っている。そして「妾」は思っている、「そもそも間違うて生まれてきたんじゃけん。間違うて生かされたんじゃけん」、と。——

この物語は、第6回日本ホラー大賞の選評の中で、荒俣宏が「物語は貧しい社会ゆえの悲劇を語る」と述べているように、恐怖は貧しさから来る悲劇、それから生まれる恐怖と言えば言える。悲惨は、たしかに恐怖に通じる事柄であるだろう。岩井志麻子の小説におけるホラーとは、そういうホラーであり、その背後にある貧しさに作者の眼はしっかりと向けられている。その点において、岩井志麻子はヒューマンな小説家だと言える。そのことは、『魔羅節』に所収の表題作である「魔羅節」にも見ることができる。以下のような内容である。

——男娼をしながら、岡山市で妹のハルとともに暮らしている兄の千吉。千吉は村にいたとき、雨乞いのために男たちから犯されたのである。妹が売られるなら、自分を売ろうと男娼の世界に入ったのである。村では、また雨乞いのために千吉を村に連れて帰ろうとする。「魔羅節」は雨乞いのときに唄う歌のことである。——

この物語も、表題から来るイメージとは異なって、実は哀切な物語である。やはり、悲劇の背後には貧しさがあるのである。岩井志麻子は、一般にはどういうイメージで捉えられているのか、わからないが、先にも述べたように、ヒューマンな精神の持ち主のように思われる。どぎつさのある表題の奥には、哀切な悲劇に眼を向ける作者の優しく温かい精神があると言えよう。

斎藤真一《さいとうしんいち》　幸薄い女性を描いた画家で小説家

多くの人は斎藤真一（1922〈大正11〉～1994〈平成6〉）の瞽女《ごぜ》の絵を観たことがあるのではないかと思われる。瞽女とは、盲目の女芸人である。哀切な絵であるが、絵の中の瞽女からは、辛い境涯を一人で受け止めて生きてきた、その凛とした姿勢をも感じさせる力もある。

斎藤真一は今の倉敷市で生まれ岡山師範学校（現・岡山大学教育学部）を卒業後、東京美術学校師範科（現・東京芸術大学美術学部）を卒業した西洋画家であるが、小説家でもある。先ほど観た岩井志麻子の小説には、薄幸な女性が登場していたが、斎藤真一もそのような女性を描いてきた。

ただ、ここで取り上げる小説、映画化もされた『絵草紙 吉原炎上 祖母 紫遊女ものがたり』は、その前半生はたしかに幸福とは言い難いが、後半生では幸せを摑んだ女性が主人公である。「あとがき」によれば、ここで語られている話は、斎藤真一の母の養祖母である「久野《ひさの》おばさん」（と母から呼ばされていたらしい）が斎藤真一の母に聞かせた話を、年を取った母から聞き書きしたものである。

——備前の児島郡味野《あじの》村の娘だった久野が、東京の吉原の「中米楼《なかごめろう》」に身売りされたのは、明治20年の久野18歳の春だった。隣村の田ノ口港から船で横浜に行き、そこから東京の吉原に着いた。実は、久野には恋人の勇吉がいて、彼も東京で働いていた。久野はそこで遊女としての生活を始めるが、ときおり勇吉は会いに来てくれた。客を相手にしているときでも、久野は心の中では勇吉を思い浮かべていた。勇吉もすでに結婚していて子どももいたのだが、それでも久野に会いに来てくれて、久野を「本当の女房」のように思っている、と言うのである。

しかし、勇吉は日清戦争で戦死してしまう。それを知ったのは、後のことであった。

久野が行くお座敷には井上馨や山縣有朋、伊藤博文など、明治の有名な政治家たちがいた。やがて年季が明けた久野は郷里に帰ることになるが、その前に坪坂義一という官吏から正式な結婚の申し込みを受けたのである。坪坂義一と結婚した久野は、有能な官吏であった彼の任地に夫に従って行った。明治44年4月9日の吉原炎上を知ったのは、朝鮮の京城においてであった、その後、久野は幸せな後半生を生きたのであった。――

以上のような物語で、『絵草紙　吉原炎上（略）』は斎藤真一の絵と文で構成されていて、久野だけではない、吉原の女たちの人生を感じることができる。しかし久野は、勇吉、そして坪坂義一という誠意ある男性に想われたわけで、その点において幸せな女性だったと言える。斎藤真一の文章とともに、瞽女の絵を改めて観て戴きたい。

引用文献

ジュール・ヴェルヌ「十五少年」森田思軒訳（『明治少年文學集 明治文學大系95』筑摩書房、1970〈昭和45〉・2）所収
ジュール・ヴェルヌ「大叛魁」森田思軒訳（『少年小説大系 第13巻』三一書房、1996〈平成8〉・2）所収
ヴィクトル・ユゴー「探偵ユーベル」森田思軒訳（『新日本古典文学大系 明治編15 翻訳小説集二』岩波書店、2002〈平成14〉・1）所収
ヴィクトル・ユゴー「クラウド」森田思軒訳（『少年小説大系 第13巻』三一書房、1996〈平成8〉・2）所収
夏目漱石『吾輩は猫である』（『漱石全集第1巻 吾輩は猫である』岩波書店、1965〈昭和40〉・12）
二葉亭四迷「落ち葉のはきよせ 二籠め」（『二葉亭四迷全集 第6巻』岩波書店、1965〈昭和40〉・2）所収
森田思軒の評論（『明治文學全集26 根岸派文學集〔森田思軒篇〕』筑摩書房、1981〈昭和56〉・4）
谷口靖彦『明治の翻訳王 伝記森田思軒』（山陽新聞社、2000〈平成12〉）
福田英子『妾の半生涯』（岩波文庫、1958〈昭和33〉・4）
清水紫琴の小説（古在由重編『清水紫琴全集』草土文化、1983〈昭和58〉）
江見水蔭『自己中心明治文壇史』（『明治大正文学史集成 附録2』監修・解説、平岡敏夫 日本図書センター、1982〈昭和57〉・11）
江見水蔭の小説（『明治文學全集22 硯友社文學集〔江見水蔭篇〕』筑摩書房、1969〈昭和44〉・1）
平尾不孤『詩人薄田泣菫の親友 不孤の全貌 平尾不孤作品集―夭折「文士のほとばしる才能」―』（黒田えみ編著、日本文教出版、2005〈平成17〉・8）
正宗白鳥「物故文人の手紙」（『正宗白鳥全集 第27巻』福武書店、1985〈昭和60〉・6）所収
江見水蔭の時代小説『現代大衆文學全集 第2巻 江見水蔭集』（平凡社、1928〈昭和3〉・2）
江見水蔭『暴れ大怪獣』（『少年小説大系 第12巻 明治大正冒険小説集』三一書房、1994〈平成6〉・6）所収
岡倉天心『日本の目覚め』（『明治文學全集38 岡倉天心集』筑摩書房、1968〈昭和43〉・2）所収
渡辺やえ子編『額田六福戯曲集』（青蛙房、1969〈昭和44〉・2）
平井法「額田六福」（『近代文学研究叢書 第65巻』昭和女子大学近代文学研究室、1991〈平成3〉・12）所収
竹久夢二『出帆』（作品社、2022〈令和4〉・7）
木村毅『竹久夢二』（明治文献、1975〈昭和50〉・12）
ひろたまさき「竹久夢二研究序説」（『竹久夢二文学館 別巻資料編』日本図書センター、1993〈平成5〉・12）所収
秋山清「『夢二転向』論」（『秋山清著作集 第6巻 竹久夢二』ぱる出版、2006〈平成18〉・3）所収
坪田譲治「児童文学論」（『坪田譲治全集 第12巻』新潮社、1978〈昭和53〉・5）所収
竹久夢二『童話集 春』（研究社、1926〈大正15〉・12）
梶井基次郎「冬の日」（『梶井基次郎全集 第1巻』筑摩書房、1966〈昭和41〉・4）所収
竹久夢二『青い船』（実業之日本社、1918〈大正7〉・7）
竹久夢二『恋愛秘語』（文興院、1924〈大正13〉・9）
松本清張「葉脈の人―木村毅と私―」（木村毅『〔新装版〕小説研究十六講』恒文社、1980〈昭和55〉・7）所収
木村毅『大衆文學研究十六講』（橘書店、1933〈昭和8〉・12）
木村毅『私の文學回顧録』（青蛙房、1979〈昭和54〉・9）
木村毅『旅順攻囲群』（『大衆文學大系13 下村悦夫・木村毅集』講談社、1972〈昭和47〉・2）
尾崎秀樹「解説」（同右）所収
土師清二『砂絵呪縛』（『大衆文学全集14 土師清二集』河出書房、1955〈昭和30〉・6）所収
縄田一男『時代小説の楽しみ 別巻 時代小説・十二人のヒーロー』（新潮社、1990〈平成2〉・11）
土師清二『お千代鑿』（新編現代日本文学全集 第24巻 土師清二集』（新潮社、1958〈昭和33〉・5）所収

土師清二『風雲の人』（講談社、１９５８〈昭和33〉・９）
里村欣三『第二の人生　第一部』（河出書房、１９４０〈昭和15〉・４）
棟田博『分隊長の手記』（新小説社、１９３９〈昭和14〉・11）
棟田博『続・分隊長の手記』（『棟田博兵隊小説文庫２』光人社、１９７４〈昭和49〉・12）所収
棟田博『台児荘　続々分隊長の手記』（新小説社、１９４２〈昭和17〉・11）
棟田博『拝啓天皇陛下様』（講談社、１９６２〈昭和37〉・12）
石川達三「恩給先生と不良学生」（『ふるさと文学館　第39巻〔岡山〕』磯貝英夫編（ぎょうせい、１９９４〈平成６〉・６）所収
棟田博『新装版　美作ノ国吉井川』（講談社、１９７２〈昭和47〉・10）
藤原審爾『秋津温泉』（『ふるさと文学館　第39巻〔岡山〕』磯貝英夫編（ぎょうせい、１９９４〈平成６〉・６）所収
柴田錬三郎『地べたから物申す』（新潮社、１９７６〈昭和51〉・５）
柴田錬三郎『眠狂四郎無頼控（一）　柴田錬三郎時代小説全集』（新潮社、１９６５〈昭和40〉・11）
柴田錬三郎『眠狂四郎無頼控（二）　柴田錬三郎時代小説全集』（新潮社、１９６５〈昭和40〉・12）
柴田錬三郎『眠狂四郎独歩行　柴田錬三郎時代小説全集』（新潮社、１９６６〈昭和41〉・10）
柳生宗矩『兵法家伝書』（渡辺一郎校注、岩波文庫、１９８５〈昭和60〉・８）
大森曹玄『増補版　剣と禅』（春秋社、１９７３〈昭和48〉・11）
遠藤周作「月報　錬さんの思い出」（『柴田錬三郎選集　第２巻』（集英社、１９８９〈昭和64〉・４）所収
吉行淳之介「月報　柴錬さんの講義」（『柴田錬三郎選集　第10巻』（集英社、１９８９〈昭和64〉・５）
吉行淳之介『吉行淳之介全集　第１巻』（新潮社、１９９７〈平成９〉・２）
吉行淳之介『吉行淳之介　にせドンファン・猫踏んじゃった　エンタテインメント全集Ｖ』（角川書店、１９７６〈昭和51〉・12）
横溝正史『真説　金田一耕助』（毎日新聞社、１９７７〈昭和52〉・11）
塩見鮮一郎『弾左衛門とその時代』（河出文庫、２００８〈平成20〉・１）
塩見鮮一郎『浅草弾左衛門（一）　天保青春篇（上）』（小学館文庫、１９９９〈平成11〉・１）
ひろたまさき「美作血税一揆に関する若干の問題」（『幕末維新論集５　維新変革と民衆』吉川弘文館、２０００〈平成12〉・12）所収
塩見鮮一郎『浅草弾左衛門（一）　明治苦闘篇（下）』（小学館文庫、１９９９〈平成11〉・７）
高橋敏夫「（解説）低いつぶやき声が聞こえる」（『浅草弾左衛門（四）　幕末躍動篇（下）』小学館文庫、１９９９〈平成11〉・５）所収
高嶋哲夫『首都感染』（講談社文庫、２０１３〈平成25〉・11）
あさのあつこ『あさのあつこセレクション⑤　Ｔｈｅ　ＭＡＮＺＡＩ２』（ポプラ社、２００７〈平成19〉・３）
あさのあつこ『弥勒の月』（光文社時代小説文庫、２００８〈平成20〉・８）
あさのあつこ『おいち不思議がたり』（ＰＨＰ文芸文庫、２０１１〈平成23〉・11）
あさのあつこ『桜舞う　おいち不思議がたり』（ＰＨＰ文芸文庫、２０１５〈平成27〉・２）
あさのあつこ『闇医者おゑん秘録帖』（中央公論新社、２０１３〈平成25〉・２）
あさのあつこ『かわうそ　お江戸恋語り。』（祥伝社文庫、２０１７〈平成29〉・６）
小手鞠るい「解説」（『おいち不思議がたり』前掲）
小手鞠るい『欲しいのは、あなただけ』（新潮社、２００４〈平成16〉・１）
重松清『青い鳥』（新潮文庫、２０１０〈平成22〉・６）
重松清『せんせい。』（新潮文庫、２０１１〈平成23〉・６）
岩井志麻子『ぼっけえ、きょうてえ』（角川書店、１９９９〈平成11〉・10）
岩井志麻子『魔羅節』（新潮社、２００２〈平成14〉・１）
斎藤真一『絵草紙　吉原炎上　祖母　紫遊女ものがたり』（文藝春秋、１９８５〈昭和60〉・10）

エンタメ文学読んだ本リスト

タイトル名		感想
著者名		
読んだ期間		

タイトル名		感想
著者名		
読んだ期間		

タイトル名		感想
著者名		
読んだ期間		

タイトル名		感想
著者名		
読んだ期間		

タイトル名		感想
著者名		
読んだ期間		

タイトル名		感想
著者名		
読んだ期間		

編著者略歴

綾目広治（あやめ　ひろはる）

1953年広島市生まれ。現在、ノートルダム清心女子大学名誉教授。「千年紀文学の会」および日本文藝家協会会員。近著に『惨劇のファンタジー 西川徹郎 十七文字の世界藝術』（茜屋書店、2019年）、『述志と叛意 日本近代文学から見る現代社会』（御茶の水書房、2019年）、『小林秀雄 思想史のなかの批評』（アーツアンドクラフツ、2021年）など。

岡山文庫 329　岡山エンタメ文学

令和5年（2023）年5月27日　初版発行

編著者　綾　目　広　治

発行者　荒　木　裕　子

印刷所　研精堂印刷株式会社

発行所　岡山市北区伊島町一丁目4-23　**日本文教出版株式会社**

電話岡山（086）252-3175（代）

振替01210-5-4180（〒700-0016）

http://www.n-bun.com/

ISBN978-4-8212-5329-6

● 岡山県の百科事典

二百万人の **岡山文庫**

○数字は品切れ

- ○25. 岡山の街道・山陽新聞社
- 24. 岡山の酒・小出巌・西原礼之助
- ○23. 岡山の伝説・立石憲利
- 22. 吉備の女性・吉岡三平
- 21. 岡山の風物・岡山県広報協会
- ○20. 岡山の果物・三宅忠一
- 19. 岡山の城と城址・藤井駿・市川俊介
- 18. 岡山の昆虫・倉敷昆虫同好会
- 17. 岡山の魚・青木五郎
- ○16. 吉備路・神野力
- 15. 岡山の民芸・外村吉之介
- ○14. 瀬戸内海・緑川洋一
- 13. 岡山の建築・巌津政右衛門
- 12. 岡山歳時記・吉岡三平
- 11. 岡山後楽園・宗定克則・杉鮫太郎
- 10. 大原美術館・藤田慎一郎
- 9. 岡山の鳥・杉鮫太郎
- 8. 岡山の動物・松本邦夫
- 7. 岡山の仏たち・脇田秀太郎
- 6. 岡山の文学碑・山本遺太郎
- 5. 岡山の民家・鶴藤鹿忠
- ○4. 岡山の古墳・鎌木義昌
- ○3. 岡山の焼物・桂又三郎
- 2. 岡山の祭と踊・神野力
- 1. 岡山の植物・西原礼之助

- 50. 岡山の民具・鶴藤鹿忠
- ○49. 備中神楽・山根堅一・坂本一夫
- ○48. 岡山の教育・秋山和夫
- 47. 岡山の交通・藤沢晋
- 46. 岡山の現代詩・坂本明子
- ○45. 岡山の駅・難波数丸
- ○44. 岡山の人物・黒崎秀明
- 43. 岡山の蘭草・鈴木尚夫・中村昭夫
- 42. 岡山の医学・中山沃
- 41. 岡山の短歌・杉鮫太郎・藤原幾太郎
- ○40. 岡山の刀剣・小林種次
- 39. 岡山の民話・岡山民話の会
- 38. 岡山の川柳・弓削川柳社
- 37. 閑谷学校・巌津政右衛門・坂本一夫
- 36. 岡山音楽夜話・保田太郎
- 35. 岡山の俳句・塩尻青笳・島津青沙
- ○34. 美作路・小山健三
- 33. 岡山文学風土記・大岩徳二
- ○32. 備前焼・小山富士夫・藤原雄・中村昭夫
- ○31. 岡山の遺跡めぐり・間壁忠彦・葭子
- 30. 岡山の歌謡・英玲二
- 29. 蒜山高原・二若・富国・徳山
- ○28. 岡山の旅・岡山県観光連盟
- ○27. 水島臨海工業地帯・平方与平
- ○26. 岡山の絵画・脇田秀太郎・巌津政右衛門

- 75. 岡山の食習俗・鶴藤鹿忠
- ○74. 岡山の奇人変人・蓬郷巌
- ○73. 岡山の民間信仰・三浦秀宥
- 72. 美作の歌舞伎芝居・二宮朔山
- 71. 岡山の笑い話・稲田浩二・和子
- 70. 岡山の道しるべ・巌津政右衛門
- 69. 岡山の県政史・蓬郷巌
- 68. 岡山の温泉・石井猛・圓堂稔
- ○67. 旭川・宗田克巳
- 66. 岡山の絵馬と扁額・脇田秀太郎
- 65. 岡山の港・巌津政右衛門
- 64. 吉井川・宗田克巳
- 63. 岡山のおもちゃ・吉永義光
- 62. 吉備高原・宗田克巳
- 61. 岡山の電信電話・萩野秀
- ○60. 岡山の干拓・吉岡三平・進昌三
- ○59. 高梁川・宗田克巳
- 58. 岡山事物起源・吉岡三平
- 57. 岡山の歴史・柴田一
- ○56. 岡山の方言・十河直樹
- 55. 岡山の石造美術・巌津政右衛門
- ○54. 岡山の古戦場・多和和彦
- 53. 岡山の貨幣・原三正
- 52. 吉備津神社・藤井駿・坂本一夫
- ○51. 岡山の宗教・長光徳和

- ○100. 岡山の樹木・西原礼之助・古屋野寛
- ○99. 岡山の民俗・土井卓治・佐藤米司・鶴藤鹿忠
- 98. 岡山の衣服・福尾美夜
- 97. 岡山の童うたと遊び・立石憲利
- 96. 岡山の匠・浅原健
- 95. 岡山の庭・山本利幸・前田勝也
- 94. 岡山の経済散歩・吉永義光
- 93. 岡山のふるさと村・巌津政右衛門
- ○92. 岡山の鉱物・沼野忠之
- 91. 岡山の郵便・萩野秀
- 90. 岡山の天文気象・石田五郎・佐橋謙
- 89. 岡山の漁業・西川太
- 88. 岡山の自然公園・山陽カメラクラブ
- ○87. 岡山の怪談・佐藤米司
- 86. 吉備の石ぶみ・井上雄風
- 85. 岡山の山と峠・宗田克巳
- ○84. 岡山の島・巌津政右衛門
- 83. 中国山地・三浦秀宥・竹内平吉郎
- 82. 岡山の神社仏閣・市川俊介
- 81. 岡山浮世噺・岡長平
- ○80. 岡山の書・佐藤英夫
- 79. 岡山の海藻・大森長朗
- ○78. 岡山の風俗・蓬郷巌
- 77. 山陽路の地理散歩・宗田克巳
- 76. 岡山の明治洋風建築・中力昭

201. 総社の散策・神野力／葛原克人／加藤信二
202. 岡山の路面電車・楢原雄一
203. 岡山ふだんの食事・鶴藤鹿忠
204. 岡山のふるさと市・倉敷ぶんか倶楽部
205. 岡山の流れ橋・渡邉隆男
206. 岡山の河川拓本散策・坂本亜紀児
207. 備前を歩く・前川満
208. 岡山言葉の地図・今石元久
209. 岡山の和菓子・太郎良裕子
210. 吉備真備の世界・中山薫
211. 柵原散策・片山薫
212. 岡山の岩石・野瀬重人／沼野忠之
213. 岡山の能・狂言・金関猛
214. 岡山の鏝絵・赤松壽郎
215. 山田方谷の世界・朝森要
216. 岡山おもしろウオッチング・おかやま路上観察学会
217. 岡山の通過儀礼・鶴藤鹿忠
218. 日生を歩く・前川満
219. 備北・美作地域の寺・川端定三郎
220. 岡山の親柱と高欄・渡邉隆男
221. 西東三鬼の世界・小見山輝
222. 岡山の花粉症・三好・難波・岡／岡野・山本
223. 操山を歩く・谷淵陽一
224. おかやま山陽道の拓本散策・坂本亜紀児
225. 霊山熊山・仙田実
226. 岡山の正月儀礼・鶴藤鹿忠
227. 原子物理学の父 仁科芳雄・井上泉／イシイ省三
228. 赤松月船の世界・定金恒次
229. 邑久を歩く・前川満
230. 岡山の宝箱・臼井洋輔／臼井隆子
231. 平賀元義を歩く・渡部秀人／竹内佑宜
232. 岡山の中学校運動場・奥田澄二
233. おかやまの桃太郎・市川俊介
234. 岡山のイコン・植田心壮
235. 神島八十八ヶ所・坂本亜紀児
236. 倉敷ぶらり散策・倉敷ぶんか倶楽部
237. 作州津山 維新事情・竹内佑宜
238. 坂田一男と素描・妹尾克己／イシイ省三
239. 岡山の作物文化誌・臼井英治
240. 児島八十八ヶ所霊場巡り・倉敷ぶんか倶楽部
241. 岡山の花ごよみ・前川満
242. 英語の達人・本田増次郎・小原孝
243. 城下町勝山ぶらり散策・橋本惣司／倉敷ぶんか倶楽部
244. 高梁の散策・朝森要
245. 薄田泣菫の世界・黒田えみ
246. 岡山の動物昔話・立石憲利／江草昭治
247. 岡山の木造校舎・河原馨
248. 玉島界隈ぶらり散策・小野敏也／倉敷ぶんか倶楽部
249. 岡山の石橋・北脇義友
250. 哲西の先覚者・加藤章三
251. 作州画人伝・竹内佑宜
252. 笠岡諸島ぶらり散策・NPO法人 かさおか島づくり海社
253. 磯崎眠亀と錦莞莚・吉原睦
254. 岡山の考現学・おかやま路上観察学会
255. 「備中吹屋」を歩く・前川満
256. 上道郡沖新田・安倉清博
257. 続・岡山の作物文化誌・臼井英治
258. 土光敏夫の世界・猪木正実
259. 吉備のたたら・岡山地名研究会
260. いろはで綴る ボクの子供事典・赤枝郁郎
261. 民話の里 鏡野町伝説紀行・立石憲利／片田知宏
262. 笠岡界隈ぶらり散策・ぶらり笠岡友の会
263. つやま自然のふしぎ館・森本信一
264. 岡山の山野草と野生ラン・小林克己
265. 文化探検 岡山の甲冑・臼井洋輔
266. ママカリ ヒラに まったりサーラ・窪田清一
267. 岡山の駅舎・河原馨
268. 守分 十の世界・猪木正実
269. 備中売薬・土岐隆信／木下浩
270. 倉敷市立美術館・倉敷市立美術館
271. 津田永忠の新田開発の心・柴田一
272. 岡山ぶらりスケッチ紀行・南一平／網本善光
273. 倉敷美観地区 歴史と民俗・吉原睦
274. 森田思軒の世界・倉敷ぶんか倶楽部
275. 三木行治の世界・猪木正実
276. 岡山路面電車各駅街歩き・倉敷ぶんか倶楽部
277. 赤磐きらり散策・高畑富子
278. 岡山民俗館 民具一〇〇選・岡山民俗学会
279. 笠岡市立竹喬美術館・笠岡市立竹喬美術館
280. 岡山の夏目金之助(漱石)・横山俊之／熊代正英
281. 吉備の中山を歩く・熊代哲士／熊代建治
282. 備前刀 日本刀の王者・佐藤寛介／植野哲也
283. 繊維王国おかやま今昔・猪木正実
284. 温羅伝説・中山薫
285. 現代の歌聖 清水比庵・笠岡市立竹喬美術館
286. 鴨方往来拓本散策・坂本亜紀児
287. 玉島旧柚木家ゆかりの人々・倉敷ぶんか倶楽部
288. カバヤ児童文庫の世界・岡長平
289. 野﨑邸と野﨑武左衛門・猪木正実
290. 岡山の妖怪事典 妖怪編・木下浩
291. 松村緑の世界・黒田えみ
292. 吉備線各駅ぶらり散策・倉敷ぶんか倶楽部
293. 「郷原漆器」復興の歩み・高山雅之
294. 作家たちの心のふるさと・加藤章三
295. 自画像の異彩画家 河原修平の世界・倉敷ぶんか倶楽部
296. 岡山の妖怪事典 鬼・天狗・河童編・木下浩
297. 歴史・伝承・文学・アート 岡山の魅力再発見・柳生尚志
298. 井原石造物歴史散策・大島千鶴
299. 岡山の銀行 合併・陶太の150年・猪木正実
300. 吹屋ベンガラ・臼井洋輔